UNE TEMPÊTE
DE CIEL BLEU

DU MÊME AUTEUR

À BICYCLETTE... ET SI VOUS ÉPOUSIEZ UN MINISTRE ?, Grasset, 1994.
DE MÉMOIRE DE GRAND-MÈRES, *le XXe siècle raconté par celles
qui l'ont fait,* Grasset, 1995.

ISABELLE JUPPÉ

UNE TEMPÊTE
DE CIEL BLEU

roman

BERNARD GRASSET
PARIS

Pour Alain.

« Rien n'est plus rare dans nos affections
que la réciprocité absolue. Telle rencontre qui
se situe pour moi au niveau du hasard, de
l'accident fortuit et sans conséquence et qui
ne laissera aucune trace dans ma vie peut se
situer pour mon partenaire au niveau de la
nécessité, au centre de sa destinée et le mar-
quer pour jamais. Ou inversement. »

GUSTAVE THIBON.

« Elle est tombée. Je ne sais pas comment cela s'est passé. Elle avait disparu hier soir. On l'a retrouvée ce matin, en bas, là-bas, inanimée. »

A l'autre bout du téléphone, ma sœur avait la voix hachée par la douleur.

Tout s'est enchaîné très vite. Quand je suis arrivé un peu avant midi à Bordeaux, elle m'attendait sur le pas de la porte de la grande maison familiale du quai des Chartrons. Comme à chaque fois, et même cette fois-là, avant d'entrer je me suis arrêté un instant pour respirer les pierres et la Garonne, et ressentir, au fond de mes entrailles, le même petit pincement de bonheur.

Nous n'avions pas prévu de nous revoir si tôt.

11

Nous partîmes vers l'hôpital. Pierre conduisait, la main droite posée sur le genou d'Ann, secouée de sanglots muets. Assis derrière ma sœur, mes yeux vides fixaient sa nuque qui tremblait. Dans la voiture, la chaleur était étouffante.

Au bout de longs couloirs, interminables et blancs, derrière une porte vitrée, comme dans une cage aux parois de verre, nous attendait le coma irréversible de notre mère, Blanche.

Elle, la forte femme, la voix claire et portant loin, elle l'homme de la famille, n'était plus qu'un pantin désarticulé mais reconstitué pour nous, paisible. Les boucles auréolant son joli visage de vieille dame de soixante-quinze ans s'étaient arrêtées de voleter, prêtes à dormir pour l'éternité...

De petites pastilles, posées sur son buste comme sur un échiquier, traquaient les signes de vie à l'intérieur de son corps et les retransmettaient en une ligne verte qui oscillait faiblement sur un écran vidéo à côté du lit.

Debout, immobile, sa main enserrant celle de sa grand-mère, Arthur, mon fils, mon petit, « mon tout-petit », disait Blanche, veillait.

Nous restâmes là, bêtes, impuissants, les yeux brouillés de larmes, avec une grosse boule dans la gorge qui nous empêchait de déglutir.

Un homme en blanc entra dans la chambre, suivi de deux infirmières. Tous trois avec des mines de circonstance, face à notre détresse.

— Est-ce qu'elle peut se réveiller ? osa Arthur, qui n'arrivait pas à détacher ses yeux de l'écran.

— C'est peu probable, jeune homme, répondit la blouse blanche, qui me fit un signe discret et m'entraîna à l'extérieur de la chambre.

Pour une minute de vérité, en tête à tête, d'homme à homme...

Nous retournâmes tous les quatre à la maison, Ann, son mari Pierre, Arthur et moi. Là, à quelques centaines de mètres de ma mère endormie, la vie continuait, avec juste ce qu'il fallait de lourdeur dans l'air pour comprendre qu'un drame se jouait.

Prévenus par le tam-tam bordelais, les oncles, tantes et cousins, qui ne s'étaient pas croisés depuis la dernière cérémonie familiale, avaient rappliqué de toute la région. Parmi eux, il y avait l'oncle Paul, Maxime aussi, qui serrait

Ann dans ses bras, et puis Patrick dans un coin. Tout le monde chuchotait derrière les volets mi-clos.

Les trente-six heures suivantes, je les ai vécues comme un automate, sans avoir vraiment conscience de ce qui se passait. Comme une toupie lancée à toute allure depuis des années sur le tapis de la vie, qui venait de heurter un caillou jeté là par le destin.

Et puis il y eut cette dernière soirée, dans l'arrière-cuisine. Arthur, moi et le passé tout à coup, qui coulait à flots de sa bouche de petit garçon trop vite grandi.

Alors, quand en montant me coucher dans ma chambre d'adolescent, j'ai retrouvé par hasard au fond d'une poche ce petit bristol blanc, je n'ai pu résister à cette envie brutale de m'enfuir, tout de suite, de ma ville, de ma vie, comme un voleur.

Le premier jour

1

— Nous y sommes presque.

Julia s'arrêta un instant pour reprendre son souffle.

L'homme ne répondit pas.

Ils avaient marché une quinzaine de minutes, mais le chemin était un peu escarpé. La montée, presque invisible à l'œil nu, était bien réelle.

Il l'aperçut de loin, posée entre le ciel et l'eau, sur le petit bout de colline qu'il avait survolé il y a une heure à peine. Elle n'était plus qu'à quelques dizaines de mètres, presque à portée de main. Recouverte de bardeaux de bois jaunes et bleus, avec des fenêtres à carreaux, elle semblait plonger ses pieds dans le sable, comme des pilotis de bois gris enfoncés dans la mer.

Ils firent le tour, Julia la première, décontractée, amusée de son émotion soudaine à lui, qui avançait presque à reculons, savourant chaque pas comme pour retarder le moment où cette maison allait devenir son refuge.

Il reprit sa respiration, emprisonnant au passage quelques bouffées d'embruns iodés. Ouvrit puis ferma les yeux sur ses premiers instants de sérénité.

— Voici la clé. Je vous laisse vous installer. Je passerai vous chercher ce soir pour vous montrer le chemin de ma maison à moi et après, c'est promis, je vous laisserai en paix. Aussi longtemps que vous le souhaiterez.

— Merci, je ne sais comment...

En un clin d'œil, elle avait disparu, se faufilant entre les dunes. Comme le fennec du Petit Prince.

Seul, enfin seul. Face à la mer immense, au silence, à l'éternité.

La clé, lourde, un peu rouillée, était aussi grande que sa main. La porte s'ouvrit pourtant très facilement.

A l'intérieur, de longues lattes de parquets brun foncé glissaient d'un bout à l'autre d'une grande pièce unique. Des rideaux en dentelle ciselée habillaient chacune des fenêtres qui donnaient sur l'arrière. De l'autre côté, une large baie vitrée s'ouvrait sur une terrasse en bois, qui s'ouvrait sur la plage, qui s'ouvrait sur la mer, qui s'ouvrait sur l'horizon.

Au milieu, incongru dans ce décor très dépouillé, trônait un imposant lit à baldaquin en acajou noir. En vis-à-vis, un piano droit, noir lui aussi, était flanqué de deux superbes chandeliers. Dans un coin, une vieille malle, bombée sur le dessus, bardée de fer avec des serrures, ressemblait à celles qui hantaient les greniers de ses grands-parents.

Dans l'autre coin de la pièce, derrière un bar en chêne verni, une petite cuisine tout en carreaux de faïence bleus et blancs avait également vue sur la mer. Dans le réfrigérateur et les placards, il découvrit de quoi tenir un siège de six mois...

Une porte donnait sur la salle de bains, tout en bois bleu et jaune comme l'extérieur de la maison. Sur le rebord de la baignoire, Julia avait posé à son intention deux épaisses serviettes-éponges, une bleue, une jaune, et à côté du lavabo, sur une petite malle en osier quelques serviettes blanches en nid d'abeilles. Dessus, quelques bâtonnets de cannelle parfumés s'entrelaçaient.

Il ne vit pas tout de suite le petit escalier qui montait en colimaçon vers une pièce minuscule, cachée sous l'excroissance qu'il avait remarquée tout à l'heure en levant les yeux vers le toit. A peine quatre mètres carrés éclairés par une fenêtre ronde comme un œil-de-bœuf. Là, une longue-vue orientée vers la mer tenait compagnie à quelques dizaines de livres empilés les uns sur les autres contre un mur... A côté de la longue-vue, installé sur une sorte de trépied en bois qui devait servir à l'origine d'écritoire, un fax apparemment neuf troublait l'harmonie de cet observatoire.

En redescendant les marches, il s'attendit à croiser Victor Hugo dans sa tortueuse maison de Guernesey, ou encore Pablo Neruda dans sa rocambolesque tanière de Valparaiso.

Au ralenti, il défit sa valise presque vide : deux jeans, trois shorts, quelques t-shirts, deux gros pull-overs, un K-way, un sac à dos, deux paires de chaussures bateau, un maillot de bain. Au fond de la valise, il prit un cadre en loupe

d'orme qu'il regarda une longue minute avant
de le poser sur la table de chevet à côté du lit.
Sur la photo, une jeune femme avec un bébé
dans les bras lui souriait. Puis il sortit un carnet d'écolier à spirale, hésita, et le glissa dans le
tiroir de la table de chevet.

Dans l'avion ce matin, alors qu'à travers le
hublot la ligne d'horizon coupait le ciel en
deux, comme une glace vanille-azur dans un
cornet de coton blanc, il avait enlevé sa cravate.
Le voyage allait durer des heures, des heures
entières où l'espace et le temps se confondent,
des heures barrières qui le protégeraient du
reste du monde...

Le soleil déclinait au-dessus de la mer. Il s'assit dans un grand fauteuil en osier sur la terrasse, allongea ses pieds sur la table basse à côté
d'un photophore bleu et regarda l'immensité.
Ils n'étaient plus que trois à lui faire face : la
mer, le ciel, le soleil. Il les observa chacun longuement. La mer, — ou était-ce l'océan ? —, avait
des reflets gris argent en cette fin de journée. Le
ciel, limpide, se déchirait peu à peu de quelques
traînées blanches. Le soleil, qui se rapprochait
de l'eau, s'offrait en tranches rouge et or.

Il reprenait contact avec la nature, les éléments l'apprivoisaient à nouveau. Il allait ici réapprendre à regarder, à écouter, à humer, à palper, à goûter la vie, comme un handicapé des deux jambes réapprend lentement à marcher après un long moment d'immobilisation. Epuisé par cette révolution qui se préparait dans son corps et dans son esprit, il s'endormit.

2

— Christopher, vous venez ? dit Julia.

— Déjà ? s'éveilla-t-il en sursaut.

Perdu dans les brumes de son sommeil, il ne l'avait pas entendue arriver.

— Il est déjà huit heures.

— Je vous suis.

— Vous verrez, c'est très simple. En bas, au lieu d'aller à gauche pour retourner à l'embarcadère, vous tournez à droite derrière la dune et vous suivez le premier petit chemin. Tout au bout, c'est ma maison. Vous ne pouvez pas vous tromper. A part le phare qui est de l'autre côté de l'île, les deux seules habitations sont la mienne et la vôtre.

— La mienne ? murmura-t-il.

Il sourit.

Sa demeure à elle était beaucoup plus vaste. Tout en pierre et en bois. Une grande terrasse carrelée en faisait le tour, abritée par un auvent. Devant la terrasse, avant d'atteindre le sable qui menait à la mer, des herbes folles jouaient avec quelques fleurs.

— Cette maison appartenait à ma famille maternelle et j'en ai hérité à la mort de ma mère il y a quelques années, expliqua Julia en guise de présentation. Je n'y vis que trois ou quatre mois par an. Le reste du temps, je suis aux quatre coins du monde, au gré des tournées.

— Des tournées, quelles tournées ? s'interrogea Christopher qui sentit tout à coup un flot de questions affleurer.

Il ne savait pratiquement rien d'elle. Aussi peu qu'elle de lui. Et ils étaient là tous les deux, seuls au monde, sur une île déserte...

— Vous voyez le toit, enchaîna Julia sans attendre les questions de Christopher, c'est la troisième fois que je le reconstruis. Les tempêtes l'ont arraché deux fois déjà.

— Le vent fait tant de dégâts ici ?

— Oh oui, et encore, cela se calme d'année en année. La seule chose qui soit vraiment d'origine dans cette maison, c'est le carrelage, répondit Julia. Tout le reste s'est envolé plusieurs fois...

— Mais c'est terrible... commença Christopher.

— Non, juste une question d'habitude. Vous n'avez pas cela chez vous. Ici, il faut apprendre à vivre avec. Les tempêtes nous ont enseigné le caractère éphémère des choses.

Dehors, sur une table en teck, elle avait placé une nappe brodée, deux verres, une bouteille de rhum, une autre de sirop de canne et quelques citrons verts. Les Antilles étaient si loin pourtant...

Il la regarda de profil verser le rhum et la canne, puis presser les citrons. Elle n'était pas très grande, plutôt menue, souple et solide comme un roseau, pensa-t-il. Quel âge avait cette presque inconnue ? Autour de la quarantaine sans doute.

Quand il l'avait appelée avant-hier, il n'avait pas reconnu sa voix au téléphone. Et pour cause. Il ne l'avait entendue qu'une seule fois dans sa vie, il y a trois ans déjà. Ils s'étaient rencontrés à Washington, la veille de son retour à Paris, au cours d'une réception à l'ambassade. Sinuant entre les nombreux invités, leurs chemins auraient pu ne jamais se croiser. Ils l'avaient fait pourtant, quelques instants, sur la terrasse de la résidence, où elle et lui étaient allés chercher un peu d'air en dépit de la cohue. Bousculée par un maître d'hôtel, elle avait renversé son verre sur sa chemise, ce qui avait brisé la glace...

Depuis, il avait gardé dans un coin de sa mémoire une silhouette brune moulée dans une robe noire, des cheveux tirés derrière la tête en un chignon discret, un regard un brin moqueur et les derniers mots qu'ils avaient échangés avant de se quitter.

— J'ai, ou plutôt ma famille possède une petite île déserte et sauvage. J'y vis quelques mois par an et il y a pas très loin de la maison principale une maisonnette en bois, très tranquille. Si un jour vous avez envie de faire une pause, loin de tout, appelez-moi.

Elle avait griffonné un numéro de téléphone sur une carte de visite et la cohue les avait à nouveau séparés.

Pourquoi avait-il confié ses fréquentes envies de fuite à une inconnue croisée une demi-minute ? Trois ans après, il n'en avait plus aucune idée.

La carte de visite était restée dans la poche de son costume oublié à Bordeaux, en rentrant de Washington.

Quand elle l'avait hélé ce matin, en jean délavé et baskets, sa queue de cheval, son petit polo vert pomme et pas un soupçon de maquillage sur son visage buriné par le vent, il ne l'avait pas reconnue. Mais elle était seule dans la rade, droite comme la justice dans son bateau à moteur.

— Hou hou, c'est moi... Allez, sautez, la mer est un peu agitée, je ne peux pas trop m'approcher avec mon youyou.

Déconcerté mais obéissant, il avait sauté. Le bruit du moteur couvrant leurs voix, ils s'étaient vite tus, après quelques considérations climatiques.

— Vous savez, c'est un temps tout à fait exceptionnel, hier on n'y voyait pas à quinze mètres. Même en plein mois de juin, il y a souvent beaucoup de brouillard, c'est vous qui nous portez chance.

Ni surprise ni curieuse, elle ne lui avait posé

aucune question, pas plus qu'avant-hier au téléphone, comme si elle attendait la suite logique de leur conversation d'il y a trois ans, qu'un jour il lui dise « j'arrive ». « Et vous arrivez quand ? lui avait-elle simplement demandé. Je vous attendrai au port, dans mon petit bateau. Je vous emmènerai dans mon île. »

Il écarquillait les yeux devant la table qu'elle avait préparée, recouverte de plats odorants et colorés. « Rien ne vaut un bon repas pour se remettre de ses émotions. Vous dormirez ensuite comme un bébé. »

Pourquoi cette femme parlait-elle comme Blanche, pourquoi se comportait-elle comme une mère, à quoi sentait-elle qu'il avait exactement besoin de cela, être materné, chouchouté, qu'on lui donne en effet à boire et à manger de bonnes choses, surtout qu'on ne lui pose pas de questions et qu'on le mette au lit jusqu'à demain matin, coucouche panier papatte en rond, comme disait Blanche...

3

Quand il se coucha deux heures plus tard, le lit à baldaquin lui sembla à nouveau incongru dans cette grande pièce blanche toute simple. Il était très haut, et les draps blancs frais dans lesquels il se glissa en forçant un peu le passage tant ils étaient serrés, étaient rugueux comme ceux qu'il avait retrouvés avant-hier soir, à Bordeaux, dans sa chambre d'adolescent.

Cela faisait si longtemps que ses nuits avaient déserté ces hauts lits qu'il fallait presque escalader, soigneusement bordés et recouverts d'un gros édredon, pour des lits larges et bas, posés sur des sommiers sans pieds, négligemment recouverts d'une couette...

Malgré la fatigue, il ne trouva pas le sommeil. Le départ précipité de Bordeaux, le voyage en avion, son arrivée ici sur l'île, l'accueil si spontané de Julia, tout se bousculait dans sa tête.

D'abord, il éprouva un soulagement physique d'avoir quitté la chambre de verre de sa mère dans laquelle il avait commencé à tourner comme un lion en cage. Revoir Blanche après les paroles d'Arthur, endormie sur son secret, lui aurait donné envie de la secouer pour qu'elle lui parle enfin, les yeux dans les yeux. A la maison, l'atmosphère familiale, lourde de reproches et de sous-entendus, serait devenue tout aussi irrespirable.

Et puis, soulagé d'être parti, il se sentit gagné par l'excitation presque puérile de la découverte d'un lieu inconnu qui lui procurait un indéfinissable sentiment de virginité et d'impunité. Julia l'intriguait aussi, qui ne lui avait quasiment rien dit pendant le dîner.

Un instant plus tard, le soulagement et l'excitation firent place à un terrible sentiment de culpabilité. Pourquoi s'était-il enfui ? Quelle lâcheté ! Pourquoi avait-il abandonné Ann et

Arthur, restés suspendus au souffle de sa mère ?
Ils avaient tous les deux tant besoin de lui...

Mais il reviendrait, il n'était pas parti pour
toujours. Il avait juste besoin d'une pause, — le
mot employé par Julia il y a trois ans — et c'était
pour lui aussi une question de survie. Et puis,
Arthur n'était pas seul. Ann était là, avec
Pierre. Ils avaient promis de rester le temps que
cela durerait...

Toutes ces pensées contradictoires s'enchevê-
traient dans son esprit. En face de lui, accroché
au mur blanc, un masque africain qu'il n'avait
pas repéré cet après-midi le regardait. Il frissonna, seul dans sa maison de bois. Les muscles
tendus, immobile, il guettait le moindre bruit,
incapable de détourner ses yeux du masque...
comme lorsque, enfant, il se laissait hypnotiser
par le portrait d'une Sainte aux yeux noirs
accroché au-dessus de la cheminée de sa
chambre en face de son lit, qui le terrorisait jusqu'à ce que Blanche vienne lui dire bonsoir...

*Maman, je n'arrive pas à dormir. Raconte-moi
une histoire, et puis encore une autre. J'ai soif, je
voudrais un verre d'eau, je t'en supplie maman,*

31

ne t'en va pas déjà, peut-être qu'un verre de lait me ferait plus d'effet... J'ai envie d'aller faire pipi. Oui, je sais tu m'avais dit d'y aller avant de monter me coucher mais j'ai oublié. Reste là, assise sur le bout du lit, en attendant. Dès que je reviens, tu me lis la dernière des dernières, et c'est promis, après je m'endors. Non, non, encore une minute, s'il te plaît. Tu sais bien que cela ne marche jamais avec moi les moutons. J'en suis à cent mille deux cent cinquante-deux au moins et je ne suis toujours pas endormi. Raconte-moi l'histoire de Minette la jeune chatte, un jambonneau sous la patte qui se régalait près du feu. « Veux-tu m'en donner un peu, dit Minet d'un air honnête, veux-tu m'en donner un peu ? Non, répondit la gourmande, laisse-moi finir la viande et je te donnerai l'os. L'os ? dit Minet, belle affaire, c'est quand tu n'en as que faire que tu m'offres tes cadeaux. Et Minet tourna le dos. » Merci Maman-Blanche, à demain. Promis, je fais ce que tu m'as dit. C'est pas facile mais je vais essayer. Je sens chacun des membres de mon corps comme si j'étais à l'intérieur de lui. Ça va me détendre et je vais m'endormir, en commençant par les orteils, jusqu'à la racine des cheveux.

32

Le premier jour

A dix mille kilomètres et quelques dizaines d'années du lit de son enfance, Christopher commença à se sentir petit orteil du pied gauche, puis, assez vite, genou droit, coude, épaule et omoplate. Trois minutes plus tard, il sombrait dans les bras de Morphée.

Le deuxième jour

Un setter irlandais courait sur la plage. Tache rousse et mouvante au fil de l'eau. Le chien regardait fixement les vagues qui s'avançaient vers lui. Il jouait, se précipitait vers la mer dès que le reflux s'amorçait et reculait en sautant et aboyant joyeusement, dès que les rouleaux revenaient. Le pari était simple : ne pas se mouiller le bout des pattes, triompher des vagues. Comme on joue avec la flamme d'une bougie, en passant son doigt à travers, de plus en plus vite, en évitant de se brûler.

Assis sur un rocher à quelques dizaines de mètres de là, Christopher observa la scène un long moment. La mer était calme et les vagues avec lesquelles jouait le chien, inoffensives, semblaient caresser le sable, y laissant à chaque voyage un soupçon d'écume blanche. Le ciel était aujourd'hui encore lavé, net, vierge de tout nuage, et le soleil dans son dos, très haut dans le ciel, entamait la longue course qui l'amènerait ce soir se coucher sur la mer.

Christopher se leva, traversa la plage et, à bonne distance du chien, marcha dans sa direction, les pieds dans l'eau. Mais les choses étaient en train de changer, la machine s'enrayait, l'animal ne maîtrisait plus le jeu. Un moment d'inattention, un coup de fatigue, une mauvaise appréciation des distances... bref, une vague venait de l'atteindre et de lui tremper les pattes. Christopher sourit. Le chien, vexé semble-t-il, revint sur la plage, la queue entre les jambes, en s'ébrouant pour sécher sa défaite au soleil, sans un regard pour l'homme qui tentait en vain de le flatter au passage. Tout à coup, un sifflement déchira le silence et le chien disparut à fond de train derrière la dune.

Quelques instants plus tard, Christopher entra dans l'eau, moins froide qu'il ne le redoutait. Après une centaine de mètres de crawl effréné, il fit la planche, immobile, bras et jambes écartés, les yeux grands ouverts sous le ciel. Bercé par les vagues comme un bouchon de liège, il ferma peu à peu les yeux, et retourna au cap Ferret, l'été de ses dix ans...

Qu'ont-ils tous à s'agiter autour de moi? Ils sont tous là, ma sœur, les cousins, les copains de la plage, à jouer dans l'océan avec ce fichu ballon en hurlant comme des sauvages. Moi quand je suis allongé dans l'eau, c'est comme si j'étais sur un matelas liquide. J'aime être tranquille. Je trouve que c'est une position de paix. J'essaie de rester le plus longtemps possible allongé, soit en ouvrant les yeux, – j'aime voir le soleil qui se reflète dans la mer, on dirait des baguettes d'or qui tombent autour de moi, – soit en les fermant, on entend encore mieux le bruit de l'eau qui bat contre les oreilles. Ça fait ploc-ploc, tout doucement. C'est vrai que comme ça, les yeux fermés, j'ai un peu peur que l'eau ne rentre par mes oreilles et qu'une fois que je serai tout rempli, je coule à pic comme une pierre. Mais ça, je ne le dis pas aux autres, ils se ficheraient de moi. Alors, dès que j'ai vraiment très peur, je rouvre les yeux, – c'est marrant ça me fait battre des pieds et des mains en même temps – et je reprends ma position, jusqu'à ce que je commence à avoir froid. Eux pendant ce temps, on ne peut pas les en empêcher, ils crient comme des putois en lançant le ballon. Même que leurs cris, quand on est dans l'eau, résonnent encore plus. Y a même une fois, ce jour-là j'étais vraiment furieux, c'était l'été dernier, je l'ai reçu en plein sur le ventre, leur satané ballon. Eux bien sûr, ils étaient morts de rire, moi j'étais fou de rage. D'abord, ça fait mal, un ballon sur un ventre mouillé, et puis le choc m'a interrompu en pleine méditation, parce que c'est ça qu'ils ne peuvent pas comprendre cette bande d'imbéciles heureux qui ne pensent qu'à s'amuser, c'est que moi, dans cette position, allongé sur mon matelas d'eau, sous le soleil qui me chauffe le bout du nez, eh bien, je pense, je pense à l'avenir, je fais des projets merveilleux, même que j'épouserai peut-être Macao — malheureusement elle, elle ne vient pas en vacances ici. Sa famille, ils sont Arcachon ; alors que nous on est Cap-Ferret —, mais tant pis, je pense qu'un jour on se mariera tous les deux, que je passerai mon temps à la serrer dans mes bras et à l'embrasser sur la bouche et qu'on fera même — eh oui, ils peuvent glousser avec leur ballon là-bas —, on fera même des enfants... Et puis plein d'autres choses encore que j'imagine quand je fais la planche...

Christopher ouvrit les yeux. L'eau n'était plus si chaude que cela. Mais que c'était bon la planche, même quarante ans après, même s'il manquait les copains et le ballon sur le ventre...

Il fit quelques ultimes brasses le long du rivage. Sur la plage, après un instant d'hésitation, il se mit à courir pour se réchauffer. Rapidement à bout de souffle, — il y avait presque trois ans qu'il n'avait pas couru, depuis son retour à Paris —, il s'arrêta puis marcha un bon moment, en inspirant fortement tout en faisant tournoyer ses bras au-dessus de sa tête avant d'expirer profondément.

La journée était à lui. Julia, en le quittant hier soir, lui avait dit qu'ils ne se verraient pas aujourd'hui. Elle devait aller faire un tour sur la grande île pour le ravitaillement, le courrier et quelque chose encore qu'il n'avait pas bien compris, en rapport avec son bateau. Avait-il besoin de quoi que ce soit ? lui avait-elle demandé... Il n'avait strictement besoin de rien. Il ne savait même pas combien de temps il allait rester, ni trop ce qu'il allait faire...

Allongé sur le sable, il jeta un coup d'œil circulaire autour de lui. Seul, il était vraiment seul. Depuis le départ du chien, — mais qui donc tout à l'heure avait bien pu le siffler ? — il n'y avait pas âme qui vive à l'horizon. Cela faisait si longtemps qu'il ne s'était pas retrouvé ainsi, sans vis-à-vis ni projet pour toute la journée. Il se sentit tout à coup un peu désemparé. Pas de rendez-vous, pas de réunion de travail, pas de courrier à dicter, pas de coups de téléphone à passer, pas de dossiers urgents à traiter... Chacune de ses journées était tellement organisée d'habitude, avait-il seulement le temps de s'interroger sur ce qu'il allait faire ? Son agenda minuté, sans page ni plage blanche, lui évitait toute interrogation de cet ordre, empêchait même son esprit de s'évader. Il était littéralement pris en main, du matin au soir.

Et là tout à coup, comme tout à l'heure pour le chien, sa machine était en train de s'enrayer. Le moteur qui le propulsait tous les matins dans sa vie trépidante, pour ne s'éteindre qu'au bord de ses nuits, venait de tomber en panne.

D'abord il y avait eu Blanche. Le choc. Il avait quitté son bureau précipitamment, sans s'appesantir sur les circonstances de son départ. Les deux jours passés à Bordeaux, il les revoyait comme dans un film, comme si un autre personnage les avait vécus, comme si la douleur était si forte qu'il lui avait fallu se dédoubler. Comme si elle avait mis entre lui et le reste du monde une barrière étanche. Les dernières heures passées avec Arthur, la veille de son départ pour l'île, n'en parlons pas. Il était même trop tôt encore pour y repenser. Dans quelques jours peut-être.

Et puis il y avait eu par le plus grand des hasards la découverte de ce numéro de téléphone griffonné sur un bout de carton et cet appel du large soudain irrésistible.

Avant de prendre l'avion, il avait téléphoné rapidement à Paris, juste pour dire qu'il s'absentait quelques jours. Sa fonction lui permettait de ne pas avoir à donner d'explication, mais il avait quand même laissé le numéro de fax que Julia lui avait donné, « en cas d'urgence ». Personne n'est indispensable, avait-il lancé dans un souffle à sa secrétaire un peu déconcertée. Après tout, il n'avait pas pris un jour de repos depuis près d'un an.

Mais là, soudain, dans le sable, il ressentit presque un sentiment de panique, une angoisse du vide. Personne d'autre que lui n'allait gérer les heures qui venaient. C'était à lui, et à lui seul, de prendre les rames et de faire, au lieu de sa course contre la montre quotidienne, quelques paisibles ronds dans l'eau... Sans conseils à recevoir, ni ordres à donner à qui que ce soit.

Ce n'était pas d'ailleurs tout à fait vrai. Julia hier soir, au moment de partir, lui avait conseillé de faire le tour de l'île. « Mon royaume n'est pas si vaste, en quelques heures, si vous ne vous perdez pas, vous en aurez fait le tour. Faites une première reconnaissance, je vous expliquerai la suite... »

De retour à la maison, il n'eut qu'à remplir son sac à dos d'une boîte de sardines à l'huile, d'un paquet de biscottes et de quelques fruits secs – Julia décidément avait pensé à tout – avant de s'en aller vadrouiller dans l'îlet.

Sans but précis, il enfila les uns après les

autres les chemins sinueux qui finissaient tous par aboutir à la mer...

A mi-parcours, il s'assit pour déjeuner dans les dunes, mélange familier de sable et d'herbes hautes. Certaines, fines et vert pâle, balançaient autour de lui leurs pointes effilées, tandis que d'autres, plus petites et plus solides, portaient fièrement leur allure de brins de blé. La mer ondulait à l'horizon. Le silence se faufilait entre les différents sons qui composaient un univers sonore qui ne lui était pas non plus tout à fait étranger. Celui de la brise d'abord, qu'il sentait caresser sa peau en même temps qu'il l'entendait chuchoter à son oreille, celui des vagues au loin qui roulaient et s'écrasaient mollement sur la grève, celui des mouettes qui passaient par bordées de quatre ou cinq au-dessus de sa tête en poussant des petits cris aigus.

La boîte de sardines vide, lové dans l'herbe sableuse, Christopher ferma les yeux. Le soleil était maintenant au zénith et lui chauffait les paupières jusqu'à le brûler. Il tenta de les soulever pour braver les rayons qui le défiaient de plus en plus, puis les plissa au maximum mais sans les fermer tout à fait. Un halo brillant s'élargissait autour du globe lumineux.

Il s'endormit.

Vers six heures, c'est le branle-bas de combat dans la villa, comme tous les dimanches soir. Papa doit être en train de s'énerver auprès du coffre de la voiture, lui si maître de ses émotions en temps normal a toujours du mal à garder son sang-froid au moment des départs quand il faut charger la voiture. Je l'entends d'ici : « Bon sang de bon sang, comment se fait-il qu'on emmène autant de bagages que ça pour un week-end »... Et encore, il ne s'est pas encore aperçu que je n'étais pas là. Ça va barder tout à l'heure. Comment je sais tout ça ? Ce n'est pas compliqué, c'est pareil tous les dimanches à partir du mois d'avril, quand on rentre à Bordeaux après le week-end au Cap Ferret. C'est comme cela depuis qu'on a fait construire la maison là-bas, c'est Ann qui me le raconte après dans la voiture. Ou bien, c'est Maxime, un cousin fils de l'oncle Paul, qui est exactement de l'âge d'Ann et qu'on emmène souvent en week-end avec nous. Mon père, il est négociant à Bordeaux. En vin évidemment, toute la famille baigne dans le vin depuis des générations. Il paraît qu'on descend du côté de papa d'un négociant irlandais installé à Bordeaux au début du siècle dernier. Et depuis, de père en fils, on est négociant. Du côté de maman, c'est pareil. Enfin, pas vraiment, c'est toujours le monde du vin, mais côté propriété. « On ne mélange pas la propriété avec le négoce, ni avec les courtiers », répète souvent mon grand-père maternel qui reconnaît que, de son temps, les négociants tenaient le haut du pavé, que c'étaient eux qui faisaient la pluie et le beau temps et que les propriétaires n'avaient qu'à s'aligner...

Moi, je ne comprends pas grand-chose à tout cela. Ce qui est sûr c'est que du côté de maman, mon grand-père a un château dans le Médoc, un grand cru classé s'il vous plaît, avec des milliers de plants de vigne qui s'étendent à perte de vue, sur plusieurs dizaines d'hectares, dit Maxime pour faire le savant, c'est tellement bien aligné qu'on dirait que c'est ratissé avec un peigne tous les matins, on appelle ça un vignoble, moi j'appelle ça Garaube, c'est le nom de la propriété qui est écrit sur une pancarte à côté de la grille d'entrée et aussi sur les étiquettes des bouteilles de vin que grand-père vend, très cher d'ailleurs, dit papa. C'est là qu'on passe toutes les petites vacances, et un bout des grandes. On y retrouve tous les cousins, et du côté de maman qui a cinq frères et sœurs, y en a des cousins...

Donc pendant que papa fulmine auprès de la voiture, moi je profite au maximum de mes derniers instants de liberté dans mon royaume, caché dans ma dune secrète, toujours la même, elle est taillée pour moi. Le prince des dunes, c'est comme cela que je m'appelle. J'y passe tout l'après-midi à jouer tout seul ou à rêver. Je m'arrange à chaque fois pour rentrer à la maison à vélo, au dernier moment, une fois que le coffre est rempli, que la maison est fermée. J'ai droit au rituel « mais où étais-tu encore caché, on t'a cherché partout ? »... papa me foudroie du regard et en route. De toute façon à cause des embouteillages il est toujours de mauvaise humeur, on n'est pas les seuls à passer le week-end au Ferret. Alors, pour faire passer le temps, on joue à compter les voitures qu'on croise ou qu'on double. On choisit chacun une marque, moi par exemple je choisis les R16 et Ann les DS. Parfois, on met plus de deux heures pour arriver chez nous. A chaque fois, j'ai l'impression *de rentrer dans une chambre froide toute sombre, tellement on a emmagasiné de chaleur et de lumière dans notre peau pendant les deux jours de soleil. Le soir, avant de m'endormir, je me mets à la fenêtre de ma chambre et je regarde les quais. Ce que je voudrais un jour, c'est partir sur un des énormes paquebots qui viennent s'amarrer devant la place de la Bourse. Ils sont gigantesques avec leurs sept ou huit étages. La nuit, il y a des petites lumières qui brillent de toutes les couleurs à travers les hublots. Celui de ce soir s'appelle le* Norwegian Crown, *il a de petites barques blanches et orange accrochées sur ses flancs au cas où il y aurait un naufrage. Il y a tout en haut une énorme salle circulaire vitrée. Peut-être que c'est la salle de restaurant. Je ne suis jamais monté à bord mais j'imagine qu'il y a une piscine, une salle de bal, et des chambres à coucher gigantesques. Je reste des heures, accoudé à la fenêtre à regarder ces gros bateaux, peut-être que je pourrai me faire engager comme maître d'hôtel, ou groom – j'aime ce mot – et puis j'aurai un joli costume, mais Pierre à l'école, il me dit que si c'est pour faire ça, ça ne vaut pas le coup car si on doit dormir dans la cale, autant rester à la maison. Non,*

49

ce qu'il faut, dit Pierre qui a toujours beaucoup plus d'ambition que moi, et d'ailleurs beaucoup plus de succès aussi auprès des filles, c'est être le commandant du bateau, le pacha, on appelle ça dans la marine, paraît-il. Je serais sur la passerelle et je conduirais le bateau dans les flots et puis j'aurais une belle casquette et un bel uniforme bleu marine et blanc, et le soir j'inviterais les plus belles femmes du bateau à danser, elles ne pourraient pas dire non.

Oui mais en cas de tempête, je crois que j'aurais un peu peur, j'aime pas trop quand ça secoue, alors faut savoir ce que tu veux, si t'es qu'une poule mouillée t'as pas ta place à bord, réplique Pierrot, moi, au moins j'ai pas froid aux yeux, dit-il et moi je vois pas le rapport.

Quand Christopher se réveilla, le ciel, plus bas, avait changé de couleur, le soleil se rapprochait tout doucement de l'horizon. Le silence aussi avait changé d'intensité au fil des heures. Il écouta à nouveau le clapotis des vagues qui s'écrasaient sur la plage un peu plus vigoureusement que tout à l'heure. En mer, l'eau claquait plus fort sur les rochers.

Sur le chemin du retour, il pensa qu'il lui faudrait refaire la balade avec Julia. Il voulait qu'elle lui raconte l'histoire de ce phare tout au bout de l'île qui avait l'air abandonné, et puis celle de ce curieux assemblage de pierres niché dans une sorte de grotte et bordé de fleurs qui semblaient fraîchement plantées.

Le soir était tombé. Dehors sur la terrasse, Christopher lisait. Il avait pris au hasard un livre là-haut sur le dessus de la pile, pour ne pas faire s'écrouler tous les autres. Le titre lui avait semblé de circonstance : *To the Lighthouse*, de Virginia Woolf.

Le photophore bleu était allumé, posé sur la table en bois. La flamme oscillait calmement. Le vent était doux et ne l'éteindrait pas.

Pour la première fois de la journée, il sentit qu'il n'était plus seul. Il regarda l'ouvrage, plusieurs pages étaient cornées, quelques grains de sable faisaient crisser le papier. Il le retourna, le sentit, le caressa, le soupesa, le feuilleta. La première partie s'appelait « la Fenêtre » et les premières lignes racontaient l'histoire d'un petit garçon de six ans qui voulait absolument aller voir un phare sur une île au nord de l'Ecosse. Demain, promettait sa maman...

Christopher sentit tout à coup un sentiment étrange l'envahir. Allait-il, une fois encore, comme lorsqu'il avait douze ans, retomber amoureux d'un livre...

J'aurais mieux fait d'aller jouer aux billes avec les autres. Quelle mouche m'a piqué d'aller raconter tout ça à Pierre à la récré ? Ah, son air goguenard quand je lui ai dit que j'entretenais des liaisons amoureuses avec mes livres ! D'abord il a pris un air intéressé. Ah bon, vraiment... Et moi, naïf, je lui ai tout raconté. Comment, dans l'intimité de mon lit, une fois la rupture consommée avec la famille, des intrigues sentimentales se nouent, qui durent deux nuits, trois ou parfois quinze ? C'est vraiment comme de l'amour. Et en plus, c'est de l'amour clandestin, c'est encore plus fort. Qui peut deviner ? Posés sur ma table de nuit, en vrac, l'air de ne pas y être, les livres savent tenir leur langue. Fermés, presque anonymes, ils sont sans vie et sans âme pour Octavie qui passe le chiffon dessus tous les matins. Au début, c'est fort, passionnel, brûlant. J'avale les pages, le souffle haletant. J'y pense

dans la journée, mes héros, mon histoire m'obsè-
dent, m'habitent tout entier. Mon cœur bat la cha-
made – encore un mot que j'aime – à l'idée de
retrouver le soir l'être aimé. Et puis une fois fran-
chie la moitié du livre, l'angoisse me prend. Je suis
tiraillé entre l'impatience de finir, et la peur du
mot fin. Alors le soir, je lis à reculons. Je compte les
pages qui restent à tourner en lisant le moins vite
possible pour faire durer le plaisir. Je ne dévore
plus, je grignote. En même temps, entraîné par les
héros qui poursuivent leur histoire, j'ai envie de
savoir ce qu'il leur arrive à la fin. « Ah, oui, c'est
comme pour un bon gâteau au chocolat. T'as à la
fois envie de le finir tellement c'est bon, et envie de
le manger lentement pour qu'il dure longtemps »,
m'a balancé cet imbécile de Pierre en pleine figure
avant de prendre à partie les copains dans la cour.
Eh les gars, vous savez pas la dernière, Christopher, c'est pas les filles qui le font vibrer, c'est les
bouquins !

Mon Dieu, apprenez-moi une bonne fois pour
toutes à tenir ma langue !

Le troisième jour

1

La terrasse était déserte, mais la porte-fenêtre grande ouverte. Christopher plia son index contre un carreau :

— Toc-toc, je peux entrer ?

La grande pièce du rez-de-chaussée était vide, mais il sentait sa présence quelque part. D'en haut, une voix, étonnée, lui répondit :

— Oui, oui, entrez, je descends.

En un clin d'œil, Julia dévala l'escalier, pieds nus, pantalon corsaire serré autour des hanches, chemisette blanche à moitié boutonnée, avec une serviette enroulée autour de la tête.

— Dites donc, vous êtes drôlement matinal ce matin. Je croyais que vous aviez des années-lumière de sommeil à rattraper ! Je comptais venir vous voir, mais vous m'avez devancée.

— Oh, vous savez, hier, à part une petite balade dans l'île, je crois que j'ai passé la journée à dormir. J'ai dû déjà épuiser un bonne partie de mon contingent de sommeil.

— Vous avez retrouvé le chemin sans problème ?

— A vrai dire, j'ai suivi un beau setter irlandais qui m'a conduit ici. Je me suis levé de bonne heure et je suis allé courir un peu sur la plage, il était là, comme hier, à jouer avec les vagues. Quand il est parti, cette fois je l'ai suivi. C'est lui qui m'a conduit ici. Il est à vous ?

— Oui, non, enfin pas vraiment, mais on est très copains tous les deux. Il a trois ans, et appartient à un marin de la grande île, mais quand je suis là, il prend plus ou moins pension chez moi. Il s'appelle Rigoletto.

— Rigoletto ? Comme l'opéra ? demanda Christopher, vivement intéressé.

— Oui, comme l'opéra. Un drôle d'éclair passa dans ses yeux gris. Vous voulez un café ? lança-t-elle, apparemment pour changer de sujet.

En même temps, elle lui tendit un plateau, y

colla deux tasses, un sucrier et quelques petits gâteaux en lui faisant signe de porter le tout sur la terrasse.

— Installez ça dehors, je finis de me sécher les cheveux et j'arrive.

Christopher, qui aurait bien aimé en savoir plus sur Rigoletto ou sur l'opéra, s'exécuta sans piper mot. La terrasse était baignée de soleil. Il remarqua qu'elle était orientée à l'inverse de la sienne, qui, elle, avait droit au soleil couchant.

L'opéra, c'est un secret entre Maman-Blanche et moi. Elle m'a fait promettre de ne le dire à personne : elle pleure quand elle est dans le noir, assise dans son fauteuil du Grand Théâtre à Bordeaux pendant que les ténors ou les sopranos chantent Rigoletto, Tosca *ou* Don Giovanni. *Elle qui ne pleure jamais à la maison, qui déteste nous voir pleurer, elle dit geindre ou pleurnicher d'ailleurs quand c'est à nous que ça arrive. Je le sais parce que c'est moi qui l'accompagne depuis que papa, un jour, n'a plus voulu y aller. Maman a dit « si c'est comme ça j'emmène Christopher » et papa a dit « eh bien emmène-le ». J'avais onze ans et depuis on y va toujours tous les deux parce que,*

« *toi au moins tu me ressembles* », a dit maman la première fois, c'était comme une carte d'abonnement pour les fois suivantes. Moi aussi je pleure quand c'est triste ou tout simplement que c'est trop beau. On se tient très fort la main tous les deux à ces moments-là, mais sans se regarder surtout, « *la voix humaine, c'est le plus beau des instruments* », dit maman comme pour s'excuser de pleurer vis-à-vis des voisins qui restent de marbre comme s'ils étaient au guichet de la Sécurité sociale. On ne le dit à personne qu'on pleure, maman se repoudre en vitesse le bout du nez dès que c'est fini avant que les lumières ne se rallument, ni vu ni connu. Même que moi cela m'arrive aussi de pleurer à la maison quand j'écoute de la musique dans ma chambre, surtout le soir, sur le mange-disque que m'a donné mon cousin quand il a eu sa première chaîne. Souvent, quand la nuit tombe, je mets les sonates de Beethoven, le requiem ou le concerto pour piano numéro 23 de Mozart ou les nocturnes de Chopin. Je baisse la musique tout doucement pour ne pas qu'ils entendent à côté, et je regarde la Garonne et les gros bateaux. Quand j'écris à Macao, il y a une larme ou deux parfois qui tombent sur la feuille, je pense qu'elle doit trouver ça

60

très romantique, une larme séchée entre des mots d'amour. Ça se passe toujours pareil. Au début un tout petit pincement au niveau du cœur, et puis petit à petit, je sens une boule qui monte du bas du ventre et va se coincer au fond de la gorge. Là-haut, tout à coup mes yeux se mettent à piquer très fort et les larmes dévalent mes joues. C'est terrible comme sensation, j'appelle ça la douleur du bon-heur, on a vraiment l'impression d'exister.

Deux minutes plus tard, Julia arriva, en secouant ses cheveux, la cafetière à la main.

— C'est pas le paradis ici ?

Tout en remplissant les deux tasses à café à ras bord, elle déployait sa main droite devant elle, montrant à Chris le paradis tout dégradé de bleu qui s'étalait effectivement sous leurs yeux.

— Si, ou en tout cas ça y ressemble.

— Vous savez comment on appelle ça chez nous, quand il fait beau trois jours de suite, alors qu'il pleut et qu'il neige si souvent ?

— Non.

— « Une tempête de ciel bleu. »

— Une tempête de ciel bleu ? hum, vous avez de l'humour sur cette île...

— Alors, reprit-elle, racontez-moi votre journée d'hier. Ou plutôt non, vous me raconterez en route. A moins que vous n'ayez un planning très chargé pour aujourd'hui, je vous propose d'aller marcher un peu avec moi. Je voudrais ramasser des plantes et puis il faut que je passe voir mon canot dans une petite crique que vous n'avez pas dû découvrir hier.

— Vous passez beaucoup de temps chaque année ici ? demanda Christopher à brûle-pourpoint, oubliant qu'elle avait déjà répondu à cette question le soir de son arrivée.

— Cela dépend des tournées. Je suis plutôt basée à New York, où j'ai un appartement, mais je chante aussi de temps en temps en Europe, Paris, Milan, Vienne... Quoi qu'il arrive, j'essaie de venir au moins trois ou quatre mois ici. Je viens me ressourcer. C'est mon port d'attache.

— Et vous vivez seule... Vous n'êtes pas mariée, enfin je veux dire, continua-t-il un peu maladroitement, vous n'avez personne dans votre vie ?

— Dites-moi, c'est un interrogatoire de police ou une demande en mariage ? Vous y allez fort au petit déjeuner. Oui, ici, je vis seule, depuis longtemps... Mais j'ai beaucoup d'amis sur la grande île. C'est là que ma famille était installée, et j'ai une cousine qui y tient toujours un magasin d'antiquités. Le reste, on appelle ça private-life, non ? Allez ouste, j'ai quelques petits problèmes d'intendance à régler, je passe vous prendre chez vous dans une heure, OK ?

— OK, répondit-il, docile, sous le charme de cette voix qu'il trouvait à la fois pleine de candeur et d'autorité.

Deux heures plus tard, alors qu'ils faisaient une petite pause au milieu du chemin qui montait au phare, c'est elle qui attaqua la première.

— Et vous, en temps normal, je veux dire quand vous ne cédez pas à vos pulsions de fugue, vous vivez seul, enfin je veux dire vous êtes marié, vous avez quelqu'un dans votre vie ?

Elle le regardait droit dans les yeux.

— Moi, c'est un peu plus compliqué, commença-t-il.

— Un peu plus que compliqué que quoi ? l'interrompit-elle brutalement. Que ma vie à

63

moi ? Mais qu'est-ce que vous en savez ? Je ne vous ai rien dit, comment pouvez-vous...

Elle commençait à s'emporter...

Un peu interloqué, il se demanda s'il avait intérêt ou non à continuer.

— Peut-être ferions-nous mieux de ne pas parler de nous. Tout se passe bien depuis deux jours, ne gâchons surtout rien.

— Excusez-moi, c'est moi qui suis idiote. Après tout, vous avez raison, taisons-nous... Vous voyez ce phare, cela fait trois ans qu'il est automatique. Le dernier gardien devenait aveugle. Au début du siècle, ils étaient trois hommes à se relayer, et puis au fur et à mesure, il n'en est resté qu'un mais il voyait de moins en moins. Il y avait deux autres phares dans l'archipel, dont un en pleine mer, et les autorités ont décidé de les automatiser tous en même temps il y a quelques années. Le vieux gardien s'est retiré dans une maison pas plus grande que son phare sur la grande île. Je suis passée le voir, hier. Je le connais depuis toujours, il m'a fait sauter sur ses genoux quand j'étais petite.

— On peut y entrer ? demanda Christopher, émoustillé.

— Pas aujourd'hui, mais si cela vous intéresse, la prochaine fois que j'irai sur la grande île, je lui demanderai la clé. Vous savez, il n'y a rien de vraiment intéressant à l'intérieur. Ce qu'il y a de mieux, c'est la vue d'en haut, c'est le point culminant de l'île. D'ailleurs, de chez vous aussi, si vous montez dans votre observatoire, vous avez une vue superbe...

— Oui, j'ai remarqué. C'est vous qui avez eu cette idée de l'observatoire ?

— Non, c'est ma mère.

— Où est-elle, votre mère, elle habite sur la grande île ?

— Elle est morte il y a dix ans, je vous l'ai dit l'autre soir.

— Oh, pardon, excusez-moi, je ne savais pas, enfin si, mais j'ai oublié...

— Cela n'a pas d'importance, ne vous excusez pas. Et vous, votre mère, vous avez encore la chance de l'avoir ?

Christopher hésita quelques instants.

— Euh oui, finit-il par mentir. Elle vit à Bordeaux. Mais mon père est mort il y a des années, accidentellement. J'avais quinze ans.

— Le mien aussi, quand j'avais le même âge, répondit mécaniquement Julia.

Ils se regardèrent fixement, un peu mal à l'aise, conscients d'avoir dévoilé quelques pans de leur vie tout en cachant l'essentiel.

Un vol de mouettes hurla au-dessus de leurs têtes. Ils étaient maintenant de l'autre côté du phare, au bord de la falaise.

— De ce côté-ci de l'île, c'est assez abrupt. Ce n'est pas en pente douce, comme de l'autre côté. Vous voyez, de ce point-là jusqu'à l'autre extrémité, dit-elle en tendant l'index, il y a quatre kilomètres et dans l'autre sens, dans la largeur, il y en a deux. Là, continua-t-elle en faisant un geste sur sa gauche, c'est chez vous, et là sur l'autre versant, c'est chez moi.

L'île était en effet toute petite, mais cela montait et descendait tout le temps. Ce n'était pas si reposant que ça de s'y promener, pensa Christopher, en s'asseyant par terre.

— Sur la grande île, j'ai une bicyclette mais ici ce n'est pas possible, reprit Julia qui lisait dans les pensées de son compagnon. Avec le sable et l'herbe, partout, même sur les chemins, on ne peut pas rouler. Il faut utiliser ses pieds. Vous n'aimez pas marcher ?

— Oh si, au contraire, j'adore ça. Je suis même un adepte des marches en montagne. Tous les ans, en été, je fais une ou deux ascensions avec mon fils, chaque fois dans un endroit différent.

— Ah bon, et vous irez où cette année ? demanda Julia.

Christopher détourna le regard, sans répondre.

— Cette année, je ne sais pas, reprit-il au bout d'un long silence.

Il se leva d'un coup. Julia n'insista pas.

Ils reprirent leur marche, l'un derrière l'autre.

La jeune femme ouvrait la route, en fredonnant un air de *Tosca*.

Lui pensait aux prochaines vacances, dans quelques semaines à peine. Depuis qu'il était né ou presque, les vacances d'été étaient les seuls piliers stables autour desquels s'enroulait avec plus ou moins de chaos le reste de l'année. Comme lui, Arthur s'était, année après année, glissé avec délices dans le confort de ces habitudes estivales. Blanche faisait partie de ces habitudes. Sans elle, qu'allait-il se passer ?

En juillet, ils partaient tous les trois en montagne. Blanche ne montait pas trop haut, mais elle aimait marcher et faire le plein d'air pur, comme elle disait. Quand ils partaient tous les deux pour une grande excursion, elle les attendait au chalet, et leur préparait une solide collation pour leur retour. Parfois, ils l'abandonnaient même deux ou trois jours d'affilée. Le soir, quand ils s'arrêtaient dormir dans des refuges, Arthur, qui pouvait être si agité parfois, restait des heures tapi, immobile, derrière un rocher, avec les jumelles que Christopher lui avait offertes, à guetter les marmottes et les chamois. Le matin, il était toujours le premier levé. Il dégringolait les marches du refuge à toute allure et s'enfuyait une fois encore avec les jumelles et son bâton, en chipant au passage un morceau de pain et de fromage sur la table commune. Pendant les marches, il était toujours devant, pour ouvrir le passage. Il sifflait et chantait même parfois, lui si silencieux d'habitude.

Le troisième jour

Les mois d'août, Arthur allait au Cap Ferret, dans la maison que Blanche avait gardée. Là, avec ses cousins, les enfants d'Ann, il faisait de la voile. Chris venait les rejoindre le week-end. A la rentrée, Arthur avait fait le plein d'énergie, d'air pur, d'eau iodée et de soleil, et gardait plusieurs mois son teint de croissant doré. Rassuré, Christopher rentrait à Paris, avec la conscience de son devoir de père accompli...

— Ce soir, je vous invite à dîner, je suis allée au ravitaillement hier sur la grande île, lança tout à coup Julia.

« Ma cousine à qui j'ai confié que j'avais un visiteur m'a même donné quelques bonnes bouteilles. Et vous savez de quoi ? De bordeaux... J'espère que vous ne serez pas déçu.

2

Le soleil tombait plus tôt qu'en France à la même époque, et il faisait presque nuit quand ils passèrent à table. L'air était doux, ils dînèrent sur la terrasse. La décoration de la table était extrêmement raffinée, digne d'un dîner officiel dans une ambassade, pensa Chris. Mais sans les invités de marque puisqu'ils n'étaient qu'eux deux...

Sur une nappe en lin grège, Julia avait dressé de larges assiettes bordées d'un fil d'or, des couverts à la ligne pure et quatre beaux verres en cristal de Bohême. Au centre de la table, glissées dans des coupes recouvertes de lierre, quatre bougies attendaient d'être allumées. Les serviettes, brodées, étaient artistiquement pliées.

Devant l'air un peu surpris de Christopher, la jeune femme eut un sourire amusé.

— C'est aussi un de mes plaisirs, les belles tables, le joli linge, bien recevoir quoi... dit-elle en allumant les bougies. Sans doute est-ce ma mère qui m'a légué ce goût des belles choses.

— Mais alors, j'aurais dû m'habiller, j'avais une cravate en arrivant, j'aurais pu la mettre ce soir, avec ma veste. Je suis confus.

— Vous êtes très bien comme ça, ne mélangeons pas tout, cela m'amuse de vous faire une jolie table, c'est tout. Pas de protocole entre nous. Votre femme n'aime pas les jolies tables ?

— Ma femme, quelle femme... (Christopher semblait décontenancé par la question de Julia.) Mais vous savez, il n'y a pas que les femmes qui aiment les choses raffinées, moi aussi je sais apprécier...

— Oh oui, bien sûr, excusez-moi, bredouilla Julia, je ne voulais pas... Allez, asseyez-vous, j'espère que le Bordelais que vous êtes va apprécier le menu.

Christopher ne bougeait pas, à nouveau parti dans ses pensées.

— Asseyez-vous, reprit Julia doucement.

Il s'assit sans dire un mot, jeta un coup d'œil sur l'étiquette du premier vin et lâcha tout à coup...

— Ma première femme s'appelait Macao.

— S'appelait ?

— Enfin non, elle s'appelle toujours Macao, mais nous avons divorcé.

— Macao, quel drôle de prénom !

— Ce n'est pas son prénom. En fait, elle s'appelle Marie-Caroline, comme beaucoup de jeunes filles de la bonne société bordelaise. On devait avoir dix ans à peu près quand on a décidé, tous les deux, de la rebaptiser Macao. Petit à petit tout le monde a fini par l'appeler comme cela, sauf sa grand-mère bien entendu qui trouvait que ça faisait dépravé.

— Mais pourquoi Macao ?

— Pourquoi, mais c'est évident comme diminutif pour Marie-Caroline, non ? C'était aussi à cause de « Macao, l'enfer du jeu ». On avait lu des tas de reportages fabuleux et sulfureux sur Macao dans des revues. Ça nous faisait rêver.

— C'était une de vos amies d'enfance ?

— Nos familles se connaissaient depuis toujours. La sienne avait une propriété voisine de celle de mon grand-père dans le Médoc. Son grand-père était mort et c'est sa grand-mère, une sacrée bonne femme, qui avait repris l'exploitation familiale, ce qui à l'époque n'était pas si fréquent. Elle gérait le domaine d'une main de fer, disait mon grand-père, qui tout en étant misogyne comme tous les mâles de la famille avait beaucoup d'admiration pour elle. Il citait souvent en exemple ses qualités de gestionnaire. Depuis qu'une année, en pleine nuit, la gelée avait réduit en une heure la récolte à zéro, elle faisait des réserves chaque année, ne mettant pas tout son vin sur le marché pour faire face en cas de coup dur.

— Et les parents de Macao aussi étaient dans le vin ?

— Bien sûr. Sa mère, qui était fille unique, avait épousé un courtier. A la mort de la grand-mère il y a quelques années, ils ont repris le château. Lorsque nous étions jeunes, ils habitaient cours Xavier-Arnozan, pas très loin de chez nous, à Bordeaux, mais nous nous retrouvions surtout pendant les vacances. Je la trouvais jolie avec ses longues nattes blondes. Très vite, vers dix-onze ans, on a décidé qu'on se marierait.

— Qui ça on ?

— Mais, nous, tous les deux. Cela a commencé presque comme un jeu. Nous nous écrivions des lettres d'amour passionnées. Je testais sur elle tout le vocabulaire que j'apprenais à l'école, et elle aussi. C'est d'ailleurs grâce à cet amour épistolaire pendant au moins cinq ou six ans que j'ai appris à aimer le français. Nous faisions des concours d'écriture, c'était à celui qui écrirait la plus belle lettre d'amour. Comme elle n'habitait pas loin de chez moi, la plupart du temps je filais à vélo ou à pied poster mes lettres directement dans sa boîte aux lettres. Si nous nous croisions, nous devenions rouge écarlate, nous étions extrêmement gênés, parce que, dans nos lettres, nous étions d'une audace impressionnante, surtout elle d'ailleurs. Ma mère un jour est tombée sur un de ses billets que j'avais oublié de ranger dans mon tiroir secret et m'a convoqué pour savoir si j'étais bien conscient de ce qu'elle écrivait. J'ai bien été obligé d'avouer que je ne comprenais pas la moitié des mots qu'elle utilisait. Elle non plus

sans doute, elle m'avouait qu'elle recopiait parfois certains passages dans des romans d'amour
qu'elle dérobait à ses grandes sœurs... Quand
nous étions en bande, place des Quinconces, au
pied de la statue des Girondins — notre lieu de
ralliement le jeudi après-midi — avec tous les
copains ou encore l'été dans les vignes, avec les
cousins, nous étions plus à l'aise, fondus dans le
groupe, pour faire les quatre cents coups. Parfois, nous nous faisions de petits cadeaux, elle
m'offrait des pierres, des coquillages, des osse-
lets et moi des petits bijoux achetés sur le marché, des barrettes, du parfum ou une corde à
sauter.

— Et vos parents ?

— Au début, cela les amusait plutôt. Petit à
petit ils se sont habitués à notre couple d'enfants, puis d'adolescents. Je crois que jamais
personne ne s'est véritablement posé la question de ce que nous deviendrions plus tard, il
était écrit que nous devions nous marier... On
disait toujours, Christopher et Macao, Macao et
Chris... Ma grand-mère, un dimanche où
Macao était venue déjeuner à Garaube, avait dit
à la fin du déjeuner, la voix pleine d'admira-

tion : « Et en plus, cette petite a des attaches aristocratiques, c'est un signe... »

— Signe de quoi ?

— De je ne sais pas quoi, mais moi en tout cas, je trouvais ça magique d'avoir « des attaches aristocratiques ». J'en ai rêvé pendant des mois avant de comprendre qu'elle avait tout simplement les poignets un peu plus fins que la moyenne, c'est tout... Ma grand-mère utilisait toujours des formules bien à elles, qui faisaient mouche à tous les coups. Elle regardait les gens de haut en bas et dès qu'ils avaient le dos tourné, elle lançait : « Ah, cette jeune femme est épatamment habillée », ou à l'inverse, « c'est une vraie souillon ». Pour lui plaire, mieux valait avoir un « joli teint de pêche » qu'être « jaune comme un coing »... Ta grand-mère fiston, il vaut mieux l'avoir dans sa poche qu'à l'extérieur de sa poche, avait l'habitude de dire l'oncle Paul...

— Si je comprends bien, c'était la belle-fille idéale...

— Oui, nos deux familles s'entendaient à merveille, même si elles n'étaient pas exactement bâties sur le même modèle.

77

— C'est-à-dire ?

— Chez Macao, par exemple, ils étaient plus tala que chez nous...

— Tala, c'est quoi ça ?

— Ceux qui vont « -t-à la messe ». Mais moi, j'y allais tous les dimanches, uniquement pour la voir, j'étais même enfant de chœur. Elle était toujours au premier rang avec sa grand-mère, que mon grand-père traitait de « grenouille de bénitier », tandis qu'elle le qualifiait de « mécréant ». Dans notre famille, les conjoints, on les appelait les « pièces rapportées », et on faisait bien sentir aux nouveaux venus qu'ils resteraient à vie des pièces rapportées ! alors que chez elle, on les appelait les « morceaux choisis », c'est quand même plus gentil, non ? Les week-ends, à partir du printemps, on ne se voyait pas beaucoup. Sa famille était plutôt bassin d'Arcachon, la mienne Cap-Ferret. « Je préfère le soleil levant au soleil couchant », disait ma mère qui aimait se lever très tôt et marcher seule sur la plage déserte.

— Vous voyez, je suis comme votre mère, interrompit Julia. Moi aussi j'aime le soleil levant. J'aime marcher des heures sur la plage, avec Rigoletto. Je ne me lasse pas du spectacle des vagues qui vont et viennent sur le sable. J'aime la lutte de la mer et de la terre, ça peut être très violent. La mer qui harcèle sans relâche la dune et repart parfois victorieuse avec dans ses crocs d'écume un morceau de dune... Voyez, c'est drôle, reprit-elle. Ici, sur mon île, c'est vous qui avez le soleil couchant.

— C'est vrai, répondit Christopher en repensant à sa réflexion du matin. Je n'avais pas fait le rapprochement avec mon enfance...

— Mais vous vous aimiez vraiment avec Macao ?

— Jusque-là, oui, je crois. J'en suis sûr même. Quand on était enfants, on s'aimait comme des fous. La première fille que j'ai embrassée, en haut de la tour Saint-Michel, avec Bordeaux à nos pieds, c'est elle. Cela n'est jamais allé beaucoup plus loin jusqu'à notre bac. Entre dix-sept et vingt ans, on s'est un peu perdus de vue, elle est partie commencer ses études à Paris, moi je suis resté à Bordeaux, à Sciences Po. Elle était inscrite en langues-O, elle voulait parler couramment le chinois et le japonais. Elle ne revenait pas le week-end, car elle allait chez une de ses tantes qui avait une grande maison en banlieue. Nos parents n'étaient pas mécontents de nous séparer quelque temps, cela vous fera du bien à tous les deux, disaient-ils. Dans un premier temps, cela n'a fait qu'attiser notre amour épistolaire. Nous nous écrivions tous les jours. Dans la première lettre qu'elle m'a envoyée, elle me citait cette phrase de je ne sais plus quel poète : « l'absence est à l'amour ce que le vent est au feu, il éteint les petits et attise les grands... » J'ai gardé des années durant plié en quatre dans mon porte-feuille ce petit bout de papier. Le jeu continuait...

— Mais vous n'avez jamais connu d'autres femmes qu'elle avant de vous marier ?

— Oh si, quelques-unes, surtout des étudiantes comme moi à la fac de droit, pour faire comme tout le monde, sans doute. Si c'est ce que vous voulez savoir, ce n'est donc pas avec Macao que j'ai découvert les choses de l'amour...

— Mais je ne vous demande rien, interrompit Julia, un peu vexée, c'est vous qui avez commencé à me parler de Macao. Changeons de sujet si vous voulez...

— Non, non, je plaisante, il y a si longtemps que je n'ai pas parlé ou que je n'ai pas eu en face de moi quelqu'un qui écoute...

— Pourquoi dites-vous cela ?

— Parce que c'est la vérité. Macao, elle aussi, a connu d'autres hommes avant moi. Nous nous sommes mutuellement avoué nos frasques le premier été... Je continue le conte de fées, vous êtes sûre que je ne vous ennuie pas ?

— Ne soyez pas si compliqué ! Vous avez envie de parler ? Vous parlez, moi je vous écoute, et effectivement je m'intéresse. Vous avez envie de vous taire ? Eh bien vous vous taisez, et nous écouterons le bruit des vagues qui s'enroulent dans les coquillages sur la plage. C'est autre chose mais c'est intéressant aussi... murmura Julia dans un sourire.

— Le troisième été, reprit Christopher, ce fut celui de nos vingt et un ans à tous les deux, l'âge de la majorité à l'époque, nous nous sommes mariés. Un beau mariage, dans le château de ses grands-parents, exactement celui dont on avait rêvé enfants, avec de jolies petites cousines déguisées en demoiselles d'honneur, et de beaux chapeaux sur la tête des dames. C'était au début du mois de septembre, exceptionnellement les vendanges avaient déjà commencé dans quelques propriétés. Il faisait un temps magnifique, tout le monde du vin était convié. Il y avait de grandes tables dehors, et une immense tente à rayures vertes et blanches. Macao portait la robe de ses rêves de petite fille, avec un voile de cinq mètres de long, et moi, j'étais déguisé en queue-de-pie et haut-de-forme.

— Et après ?

— Nous sommes partis vivre à Paris, dans un petit deux-pièces près des Halles. Les deux ou trois premières années se sont bien passées. Nous vivions comme deux copains qui se connaissent depuis toujours, en partageant le même appartement. En fait, nous passions notre temps à réviser nos cours. Comme elle parlait désormais le chinois et le japonais, elle voulait préparer le concours d'Orient pour entrer au ministère des Affaires étrangères. C'est ainsi que nous nous sommes retrouvés couple de diplomates !

— Et le vin ? Aucun d'entre vous n'a repris le flambeau familial ?

— Non. Elle, il n'en était pas question. Ses parents avaient repris le château à la mort de sa grand-mère et ensuite son frère aîné en a hérité.

— Et vous ?

— Oh moi, c'est plus compliqué. A la mort de mon grand-père, mes parents ont beaucoup aidé ma grand-mère. Quand mon père est mort à son tour, ma mère a pris un gérant pendant quelques années et puis elle a fini par vendre le domaine. Quant au négoce de mon père, c'est Pierre, mon beau-frère, le mari d'Ann, qui a repris l'affaire. C'est un de mes amis d'enfance, il était dans ma classe. Il était un peu plus jeune qu'Ann. Quand il venait à la maison, elle le considérait comme un gamin. Plusieurs années après le bac, ils se sont retrouvés et se sont mariés.

« Moi, comme Macao, j'avais envie de voyager, de découvrir le monde. J'avais accompagné mon oncle Paul en voyage à l'étranger plusieurs fois quand il y allait pour le vin. Cela m'avait donné le goût des voyages et j'avais envie d'être ambassadeur...

La bougie vacilla. Un léger coup de vent balaya la terrasse.

— Que pensez-vous de ce vin ? embraya tout à coup Julia, gênée d'avoir peut-être poussé l'investigation un peu loin dans la vie privée de Christopher...

— Hum, il a l'air délicieux.

Il leva son verre, le tourna longuement dans sa paume, le porta à ses narines, en chercha un instant les arômes et repensa à son grand-père, le soir de ses dix ans...

Ce soir, parce que j'ai dix ans aujourd'hui, j'ai le droit de dîner à la table des adultes. En deuxième vin, on sert un premier grand cru classé, pas de la bibine, comme dirait grand-père quand il veut faire enrager grand-mère... Je suis assis en face de grand-père qui m'a à l'œil. Mon voisin de droite dit tout à coup : « Ce vin est un peu court en bouche. — Pas du tout, rétorque aussitôt mon voisin de gauche, il a justement une bonne longueur en bouche. » Moi, j'essaye désespérément d'imaginer comment un vin peut être long. Bon ou mauvais, je vois à peu près, épicé, amer ou sucré, passe encore, mais long ou court en bouche,

alors ça, c'est un mystère total. Les deux invités,
très à l'aise, – moi je vois que ça commence à
énerver grand-père –, trouvent là au contraire, un
formidable sujet de polémique.

– Cher ami, je vous assure qu'il est court en
bouche, insiste celui de droite, tout en faisant des
mouvements de succion immondes avec sa
bouche.

– Mais non, cher ami, il est tout à fait long,
confirme celui de gauche, avec une grimace tout
aussi disgracieuse.

Là, je trouve qu'ils en font un peu trop. Je les
regarde tous les deux, l'un après l'autre, en
essayant de ne pas pouffer. Grand-père, en face de
moi, hausse les épaules. Tout à coup, un troisième
invité, qui n'a encore rien dit, prend un air encore
plus inspiré que les deux autres, et lance, péremp-
toire : « Eh bien, voyez-vous, moi je dirais plutôt
que ce vin a une longueur éphémère. » La formule
magique, une-lon-gueur-é-phé-mère, plane quel-
ques secondes en l'air, tout le monde a l'air ravi,
les convives hochent tous la tête en ayant l'air
d'approuver. Et le débat est clos. Les fourchettes et
les couteaux qui se sont tus pour ne pas perdre
une miette du duel court ou long reprennent leur

agitation frénétique dans les assiettes. Moi, je suis scié. Tout à coup, – heureusement, il n'y a que moi qui l'entends –, grand-père me fait un clin d'œil et laisse glisser sur la table, vers moi, l'air de rien, pendant que les autres ont le nez dans leur verre : « Tu vois, fiston, le ridicule ne tue pas... »

— Alors ? dit Julia avec un soupçon d'impatience.

— Alors quoi ?

Christopher était toujours perdu dans ses pensées.

— Eh bien, cette bouteille, qu'en pensez-vous ? reprit Julia, vous pouvez me faire un petit commentaire, comme on fait chez vous à Bordeaux. Il sent quoi, le laurier, le cuir, la cannelle, la vanille, l'abricot sec, la framboise écrasée ou le beurre fondu ?

— Il est bon, c'est tout. Vous savez ce que disait mon grand-père à ce sujet, reprit Christopher qui hésitait à raconter à la jeune femme le dîner de ses dix ans : « Tout ça, c'est de la blague. Le vin, on en parle trop ici. On ferait mieux de se contenter de le boire. »

— Ah bon ? (Julia avait l'air très déçu.) Ils

étaient comme ça chez vous. Mais je croyais que...

— Ne faites pas cette tête-là, dit Christopher en lui soulevant le menton d'un air rieur. Vous savez, chez moi, il y avait plusieurs écoles. Mon oncle Paul par exemple était très différent. Lui passait des heures à commenter les vins à table.

— Ah oui ?

Julia se sentit soudain ragaillardie.

— Il aimait les mots autant que les vins je crois, alors vous imaginez le résultat ! Quand j'ai commencé à comprendre, parce que jusqu'à dix-huit ans, c'était du chinois pour moi, c'était un vrai régal de l'entendre commenter les alliances entre les mets et les vins servis à table. Il faisait généralement un commentaire en trois parties. Il y avait d'abord la partie géographique. Il décrivait le coteau sur lequel avait poussé la vigne, les conditions climatiques, le degré d'ensoleillement, la nature du sol. Il était capable de parler avec des trémolos dans la voix de ces admirables petits cailloux gris et ronds que sont les graves, sur lesquels on plante du cabernet-sauvignon (le cabernet donne, disait-il, un goût de capsule en étain et de violette),

87

ou de décrire avec de grands gestes les parcelles argilo-calcaires sur lesquelles on préfère planter du merlot... Puis il en arrivait à la partie historique, comment s'était passé l'été, à quel moment avait été prise la décision de commencer les vendanges, les jours d'angoisse qui avaient précédé cette décision cruciale, puis le déroulement même des vendanges, parfois il glissait quelques anecdotes sur les vendangeurs de cette année-là, plus ou moins calmes que l'année précédente... Puis, enfin, il parlait du vin. Alors là, on partait dans un grand délire, car comme il aimait à le rappeler, il n'y a pas de mots définitifs pour décrire toutes les sensations du palais. Chacun est libre, en fonction de son goût, de son humeur, de sa sensibilité, de jouer sur toute la palette du vocabulaire... Lui jonglait avec les arômes d'acacia, de poivron, de sous-bois, de pain brûlé, de café, de ronce, de réglisse ou de résine... Il était capable, quand il sentait un arôme de banane, de faire la différence entre une banane de Guinée et une banane des Canaries ! Il avait des expressions bien à lui : « Celui-là, il ne cogne pas mais il a une gueule de cheval blanc », ou alors, « l'ausone, c'est un vin un peu pétale de rose, tout en finesse et en bouquet ». Ou encore « capsule et cassis sont les deux pôles de mouton », ou « Le pétrus a un corps excessivement bien fait, il éclate, il est très flatteur »...

— Est-ce qu'il se prenait au sérieux ?

— Je ne sais pas, cela n'a pas grande importance. Nous, on le prenait au sérieux en tout cas. Il parlait très bien aussi de la jambe du vin, de ses larmes, et bien sûr de la couleur de la robe, pourpre ou vermillon, rubis ou grenat... Il expliquait aux incultes que nous étions que théoriquement la robe vieillit en fonçant, en tirant vers le rouge foncé, vers le brique ou encore le « tuilé ». Mais que c'est parfois l'inverse, que cela dépend des vins, il ne faut pas se laisser avoir, disait-il d'un air savant qui montrait que lui bien sûr ne se trompait jamais...

Julia était sous le charme. Chris était lancé...

— ... Il évoquait aussi la puissance du vin, mince ou généreux, sa dureté, son âpreté ou son velouté. Là, intervenait un autre mot magique dont il connaissait tous les secrets : l'astringence.

« L'astringence d'un vin, disait-il, c'est une

sensation tactile, d'âpreté, de sécheresse. On a le sentiment que les tissus de la bouche se resserrent. C'est à cause des tanins qui provoquent une contraction des tissus organiques. Attention, disait parfois l'oncle Paul pour achever son auditoire, il y a astringence et astringence. Il faut distinguer l'astringence juvénile d'un gamay de beaujolais nouveau de l'astringence robuste d'un bordeaux issu de raisins éraflés, foulés, et dont la macération a été très longue.

— Quelle mémoire ! Oh là là, mais moi aussi vous m'achevez. Comment vous souvenez-vous de tout cela ?

— Je l'ai entendu tant de fois ! Je n'ai pas fini, dans les vins effervescents, il était capable, quand il commentait un champagne, de parler pendant des heures d'une bulle, de sa taille (plus ou moins grosse, plus ou moins fine), de sa forme plus ou moins sphérique, de son caractère, du travail qu'elle effectue quand elle monte à la surface du verre pour se fondre dans la collerette...

— Pitié, je n'en peux plus.

Julia était au bord des larmes à force de rire. Christopher devenait intarissable... L'oncle Paul était même capable de parler de la peau du verre, car le verre aussi avait de l'importance, un cristal d'Arques, un cristal de Bohême ou une verrerie de Murano ne donnait pas la même sensation gustative selon lui, ne libérait pas de la même manière les arômes.

— Sincèrement, je suis très impressionnée. (Julia retrouvait peu à peu son sérieux.) Vous en parlez avec autant de passion que votre oncle en parlait, non ? C'est dommage que vous n'ayez pas persévéré dans cette voie. Vous ne regrettez pas ?

Christopher sembla se fermer tout à coup, comme une huître.

— Vous savez, tout cela c'est mon enfance... Tant de vin a coulé sous les ponts depuis. Je vous ai dit tout à l'heure que Garaube a été vendu. C'est aujourd'hui la propriété d'une multinationale et je n'aime pas trop y retourner. Cela me fait trop mal au cœur, j'y ai tant de souvenirs enfouis sous chaque pierre.

3

Christopher avait dit oui tout de suite.
Quand Julia à la fin du dîner lui avait proposé
d'aller assister un matin au lever du soleil au
pied du phare, il avait bondi de joie. Ce ne
serait pas pour demain mais pour après-demain.

— Je viendrai vous chercher à cinq heures,
avait dit la jeune femme, vous prendrez votre
K-way, la rosée est humide et fraîche, j'appor-
terai une bouteille Thermos et de quoi se sus-
tenter en haut...

Quand il se glissa dans ses draps blancs pour
la troisième nuit, Christopher était encore un
peu étourdi par le voluptueux vin qui lui avait
fait raconter à Julia les théories de son oncle
Paul plutôt que celles de son grand-père.
Demain soir, il faudrait se coucher de bonne

heure pour prendre des forces pour le lendemain, pensa-t-il, tout aussi excité que quarante
ans plus tôt, dans sa petite chambre sous les
toits de Garaube, un soir d'été, après un autre
dîner... Il avait douze ans. L'âge de devenir un
grand, justement, aux yeux de grand-père...

Ce qui s'est passé au dîner tout à l'heure est fa-
bu-leux. Au dessert, parce que, avant, nous, les
enfants, on n'a pas le droit de parler, grand-père
nous interroge, les cousins, les uns après les autres,
sur ce que l'on a appris en histoire cette année à
l'école. Quand c'est mon tour, je dis la Révolution,
Louis XVI, le château de Versailles, tout ça. Et puis
je raconte qu'au mois d'avril, avec toute la classe,
on a pris un car et on est montés à Paris pour visi-
ter le château de Versailles. Le guide nous a expli-
qué que la Cour venait assister au lever et au cou-
cher du roi et de la reine et il nous a raconté que
la reine Marie-Antoinette, qui détestait l'étiquette
et tous ces trucs de protocole, faisait semblant de se
coucher devant la Cour, et qu'après, elle retour-
nait se coucher dans une petite chambre secrète
pour elle toute seule. Le matin, elle faisait pareil,
elle se levait dans sa petite chambre, et elle venait

ensuite dans la chambre officielle pour le lever devant la Cour. Alors là, j'ai eu mon petit succès. Les cousins étaient fascinés. Tout à coup, grand-père, me regardant droit dans les yeux, dit : Eh bien moi, je t'emmène demain matin assister au lever du soleil. Cette année c'est ton tour.

Moi ? Je n'en crois pas mes yeux. Je pensais que mon tour, ça serait l'année prochaine. Parce que, grand-père, chaque année, emmène un de ses petits-enfants voir le lever du soleil au pied du château d'eau, à quelques kilomètres de là. C'est comme un rite initiatique, dit-il, qui marque le passage vers l'adolescence... Mais normalement c'était pas moi, d'ailleurs je vois bien, Patrick, qui a six mois de plus, il fait un peu la gueule. Mais grand-père l'a dit. Personne n'a le droit de contester. Je ne sais pas si c'est qu'il s'est trompé ou alors que mon histoire de Marie-Antoinette lui a plu. En tout cas, c'est moi qui y vais. C'est vrai que Patrick, il a pas su quoi dire sur ses leçons d'histoire, et que grand-père a dit, l'air pas content, allez au suivant... Enfin, tant pis pour lui, c'est comme ça la vie, de toute façon je lui raconterai tout, j'espère qu'il ne m'en voudra pas. Je n'arrive pas à dormir. Quand on est partis au lit tout à l'heure, et que *nous sommes allés dire bonsoir aux grands-parents, avant de m'embrasser sur le front, grand-père m'a chuchoté à l'oreille je viendrai te réveiller à quatre heures et demie. Essaie de dormir avant, parce que la marche va être longue, au moins deux heures... Et quand Maman-Blanche est venue me faire son câlin du soir dans mon lit, elle m'a fait mille recommandations, il ne faudra pas réveiller les autres, il faudra marcher sur la pointe des pieds dans l'escalier, il faudra prendre une écharpe, et un pull et même tes bottes à cause de la rosée du matin... En tout cas, grand-père a dit qu'il emmènerait un casse-croûte... Mon Dieu, j'ai hâte d'être le premier du monde à voir le soleil se lever demain matin !*

Le quatrième jour

1

Ce matin-là, le quatrième, Christopher se sentit tout à coup beaucoup mieux. Les trois premiers jours, il avait surtout dormi. A intervalles réguliers, il sombrait dans des sommeils répétés et sans doute réparateurs mais dont il sortait à moitié groggy. Il ne parvenait pas à retrouver toutes ses capacités physiques ni mentales et avançait comme dans du coton, en bâillant tout le temps, désarçonné de ne rien avoir à faire, l'esprit vide.

Ce matin, pour la première fois, il repensa aux quelques mois qui avaient précédé son départ. Il se revoyait comme un champagne à l'intérieur d'une bouteille, que la vie secouait en tous sens. Il était dans un état de tension permanente, bringuebalé contre les parois de verre, mais protégé aussi par cette bouteille. C'était une sorte de carapace qui empêchait toute forme d'émotion de franchir la barrière de son intimité. Et puis, tout à coup, le bouchon avait sauté. D'un seul coup, il s'était déversé à flots à l'extérieur de la bouteille.

Les trois premiers jours sur l'île, il les avait vécus en flaque, étalé sur le sol.

Ce n'est que ce matin du quatrième jour qu'il commença à se reconstituer, et qu'il reprit petit à petit conscience de ce qui lui arrivait. Sous un ciel encore une fois lumineux, il décida d'abord de reprendre pied avec le temps. Avec les deux temps de la langue anglaise, le weather et le time.

Le premier, celui de dehors, celui de l'autre côté de la fenêtre de son bureau, il y a longtemps qu'il n'y faisait plus attention. Qu'il pleuve, qu'il neige, qu'il vente, ou que le soleil brille, cela ne l'atteignait plus, ne le touchait plus, ne l'intéressait plus. Le temps météorologique lui était devenu complètement indifférent. Depuis si longtemps... Tiens, depuis qu'il avait quitté les Etats-Unis. Là-bas, pas un jour ne commençait sans un « quel temps fait-il aujourd'hui ? », pas un Américain qui ne soit obsédé par la météo quotidienne. Il est vrai que les écarts de température pouvaient dépasser les vingt degrés dans une même journée et qu'il était utile, quand on partait travailler le matin, de savoir comment le temps allait évoluer au fil des heures... Il y avait même une chaîne de télévision qui ne diffusait que des informations météorologiques toute la journée...

Et puis, avant l'Amérique, bien avant l'Amérique, il y avait eu Bordeaux bien sûr, et les vignes. Le temps alors conditionnait sa vie d'enfant. Les gelées étaient dramatiques. Un été chaud mais pas trop était le gage de bonnes vendanges. Le degré d'ensoleillement, les températures, les précipitations, étaient pour l'humeur familiale des indices aussi importants que le CAC 40 l'était devenu dans sa vie de tous les jours...

Ce matin-là, alors qu'il faisait beau comme la veille et sans doute comme le lendemain, Christopher regarda un rayon de soleil se poser sur sa peau. Il en observa la lumière, en sentit la chaleur l'irradier tout entier. Il leva les yeux vers le ciel, en admira les différents bleus...

Et puis, tout naturellement, il reprit conscience aussi du temps qui passe. Il entamait aujourd'hui son quatrième jour, c'était long et court à la fois, mais la durée retrouvait un sens... Là encore, ce temps-là, le temps-sablier, lui filait entre les doigts depuis plusieurs années, sans qu'il puisse avoir prise sur lui... Sans doute en était-il largement responsable, n'avait-il pas voulu se noyer dans le travail pour oublier justement le temps qui passait sans *elle* ? Il ne voyait plus les journées passer, ni les semaines s'enchaîner, et l'enchaîner lui-même. Il n'avait plus le temps de prendre son temps, encore moins le temps de le perdre...

Où étaient ces longues journées d'été à Garaube où l'on pouvait faire mille et une choses, sans que le temps ne donne l'impression de tourner ? Ce temps-durée-là avait une réelle signification, une véritable consistance... Les journées avaient toutes un rythme et des rites, qu'année après année son enfance respectait...

Christopher ferma les yeux.

Le quatrième jour

D'abord il y a la balançoire. Au saut du lit, tous les matins, je dévale à toute vitesse la colline en bas de la maison, jusqu'au pied des deux gros platanes entre lesquels le maître de chai l'a fixée. Ce n'est pas un portique sophistiqué en fer peint, avec trapèze, anneaux et corde à grimper, comme il y en a dans les terrains de jeux pour les enfants. Juste une petite planche en bois toute simple, attachée sur deux cordes, que je ne sais plus qui a ramenée de je ne sais plus où, je ne sais plus quand. J'y cours avant même le petit déjeuner (parce que si j'y vais après, je vais vomir tout mon chocolat). Je passe chercher grand-mère à la cuisine, elle est debout depuis au moins deux heures, encore en robe de chambre, car elle ne s'habille qu'à onze heures. Pas une minute plus tôt, pas une minute plus tard. Même si grand-père la houspille en disant qu'elle a autre chose à faire que d'aller faire les quatre volontés de ce petit garnement dès le matin, elle lâche ses torchons et hop nous filons. Arrivés en bas, je saute sur la balançoire et elle me pousse, les mains bien à plat sur mes reins, – elle aime ça elle dit que cela lui muscle les bras –, et elle crie à chaque coup : « Un,

deux, trois », jusqu'à douze et « treize à la dou-
zaine » pour le dernier, en appuyant encore plus
fort sur le bas du dos. Puis elle me lâche, et avec
tout l'élan que j'ai pris, je continue à me balancer
tout seul de plus en plus vite et de plus en plus
haut. Un coup les jambes allongées loin devant,
un coup les jambes bien repliées sous la planche.
Mon cœur saute dans ma poitrine. « Ça fiche un
peu les oué-ouettes », grand-mère n'aime pas du
tout mais alors pas du tout l'expression. Mais c'est
vrai que j'ai peur, soit que les cordes lâchent
quand je serai tout en haut soit que je fasse un
tour complet. En même temps, j'aime cette impres-
sion de vertige quand le ciel se rapproche de moi
et que j'attrape les rayons de soleil qui percent
entre les feuilles des arbres. Je hurle grand-mère,
je voooooole !

J'ai la tête qui tourne, ça monte et ça descend
dans mon corps entre la gorge et le nombril, je
ferme les yeux, et puis, tout doucement, j'arrête de
me balancer, ça redescend lentement, petit à petit.
Quand la balançoire s'arrête, je descends et je
titube un peu. Ça fait beaucoup rire grand-mère,
et puis nous remontons tous les deux à la maison,
main dans la main, la sienne est un peu rugueuse

à l'intérieur mais bien chaude aussi alors c'est bon. J'aime les journées qui commencent comme ça, ça m'ouvre l'appétit parce que sinon, je suis incapable de manger quoi que ce soit. Je m'installe dans la cuisine, c'est grand-mère qui me beurre les tartines, et je mange pendant qu'elle écosse les petits pois ou moud son café dans le moulin en bois avec la manivelle. Elle le met entre ses genoux et les grains craquent en libérant des odeurs de pays lointains où je ne suis jamais allé mais qui me font rêver car j'ai toujours aimé les pays qui sentent le café.

Le matin, tout se passe dans la cuisine. En tout cas, moi je m'arrange pour trouver des prétextes pour y traîner toute la matinée, y a toujours des bonnes choses à grappiller. Quand j'ai fini mon petit déjeuner, je mets mon bol dans l'évier (c'est Octavie qui fera la vaisselle un peu plus tard), j'essuie la table et je m'assois pour jouer avec des bouchons de liège, j'ai inventé plein de jeux avec, ou alors pour écrire une carte postale aux parents. Grand-mère surveille toujours, surtout l'adresse sur l'enveloppe. Pour ça, elle est presque maniaque, il faut suivre des règles très précises. Ne jamais commencer au-dessus d'une ligne invisible séparant l'enveloppe en deux. Il faut écrire dans la moitié inférieure de l'enveloppe. « C'est à ces petits signes-là qu'on reconnaît les gens bien élevés mon petit », dit-elle tout le temps. Je la regarde préparer le déjeuner, ouvrir les melons. Je mets la main à la pâte, « cours cueillir quelques feuilles de vigne pour tapisser la corbeille à fruits, mets la pile d'assiettes à fromage sur le vaisselier, pose le couteau à pain sur la planche à découper... »

A onze heures moins le quart, grand-mère enlève son tablier et disparaît pour une bonne heure. Octavie arrive « pour le gros œuvre », comme dit maman, c'est-à-dire le balai Océdar (on dirait de longues chenilles dont on a attaché toutes les queues ensemble au bout d'un manche à balai, beurk), la serpillière, la paille de fer sur les parquets, la cireuse après (à voir les grosses gouttes qui coulent sur son front, ça doit être épuisant), puis les carreaux (Dieu sait s'il y en a, faut monter sur l'escabeau, un jour elle va tomber, prédit toujours grand-père qui voit toujours tout en noir, répond grand-mère), la lessive à étendre, les draps à plier, ceux qui sont tout rêches, et la vaisselle du soir à faire, et que je n'ai jamais compris pourquoi grand-mère a déjà prélavée la veille au soir, *même que grand-père non plus ne comprendra jamais rien à ces pratiques de bonnes femmes !*

Christopher sourit. La veille au soir, avant de partir, il avait proposé à Julia de faire la vaisselle avec elle. Julia ne lui avait-elle pas répondu que ce n'était pas la peine, qu'elle mettrait tout dans une bassine d'eau ce soir et qu'elle ferait la « vraie vaisselle » demain matin ?

A midi, grand-mère réapparaît dans la cuisine, transfigurée. Elle sent bon la poudre et l'eau de Cologne Extra-Vieille de Roger & Gallet et a mis une belle robe bleu myosotis, assortie à ses yeux.

Et hop, c'est l'heure du déjeuner. On sonne la cloche pour rameuter toute la famille... Chez Macao, même qu'au début je me sentais un peu gêné, on dit le bénédicité, — « Seigneur bénissez ce repas et donnez du pain à ceux qui n'en ont pas » —, mais chez nous non, on attend juste que tout le monde soit debout autour de la table pour s'asseoir en même temps au signal de grand-père. Quand on est nombreux, nous les enfants, c'est-à-

dire plus de quatre, on mange sur une table à part.

Si on est moins, on a le droit d'être avec les adultes à condition de ne pas ouvrir la bouche avant le dessert ce qui somme toute n'est pas très rigolo, mais il faut savoir ce que vous voulez les enfants, à la table des grands on écoute mais on s'instruit !

A la fin du repas, on a le droit de se lever pendant le café des grands. Nous aussi on a notre café, c'est une boîte de bonbons toujours rangée au même endroit depuis des années. On se dispute toujours pour aller la chercher quand grand-mère dit : apportez-moi le café des enfants ! C'est une boîte en fer bleue avec un paysage de montagne sur le couvercle qui s'ouvre de plus en plus difficilement au fil des années à cause du sucre qui poisse les rebords. A l'intérieur, il y a des trésors, des caramels mous, des pâtes de fruits, des fondants...

Après, les hommes font la sieste dans des chaises longues à l'ombre et les femmes papotent avec leur tricot ou leur tapisserie – je fayote en me précipitant pour apporter la boîte à ouvrage de grand-mère. Moi aussi j'aime faire la sieste, en réalité je fais semblant de dormir car j'adore être inactif. Les cousins sont déjà partis jouer aux chevaliers. Parfois quand ils se réveillent, les oncles viennent nous proposer une partie de boules, on fait des équipes avec un parent un enfant, un parent un enfant. Il y a aussi la cueillette des fruits, les mirabelles, les reines-claudes, les prunes violettes, ou alors on va ramasser les pignons de pin sous les pins parasols, on se met du noir partout sur les doigts, c'est comme pour les mûres dans les fourrés, c'est encore plus dur à ravoir au lavage combien de fois faut-il vous dire de ne pas vous frotter les mains sur vos shorts ? Grand-père a toujours dans sa poche un petit canif qui me fascine. Il est noir avec une lame brillante. Il le sort de temps en temps quand il ramasse par terre une petite poire toute rabougrie, habitée par des locataires, dit-il. Il la pèle consciencieusement, enlève la partie pourrie, fait mine d'avaler en se frottant le ventre le petit ver tout blanc qui se débat à l'intérieur, coupe le reste en quatre et me le donne à manger. Un délice.

Sans presque s'en rendre compte, Christopher se frotta le ventre. Combien de fois l'avait-il fait dans sa vie depuis son enfance... Même Arthur connaissait l'histoire du petit asticot que dégustait son ancêtre...

Parfois aussi, c'est jour de visite. Chez les voisins, c'est-à-dire les autres propriétés du Médoc. Il y a une espèce de rite entre la fin de l'été et le début de l'automne où tout le monde prépare les vendanges. Il paraît qu'autrefois, c'était très répandu, on passait ses après-midi à aller visiter tel ou tel voisin. Aujourd'hui c'est un peu plus rare, on ne va que chez les vrais amis, il y a moins d'hypocrisie mais quand même, y a pas à dire, moi je trouve qu'ils sont plus concurrents qu'amis, y a qu'à entendre les conversations au retour dans la voiture, moi je dis qu'on s'espionne voilà tout. Chacun aime bien voir comment ça se passe les vendanges chez les uns les autres. Mon grand-père me racontait que de son temps à lui, avant la Première Guerre mondiale, il fallait prendre des voitures à cheval pour aller faire le tour des différents domaines. Chaque château avait son jour. Dans un des hangars de Garaube, il y a toujours une vieille voiture à cheval qui date de cette époque, on adore y jouer avec les cousins. Aujourd'hui, il y a les tracteurs et tout le matériel pour la vigne, grand-père aime pas trop qu'on y traîne, c'est dangereux. Mais on adore ça aussi, jouer dans les anciens greniers où ils font encore sécher les sarments l'hiver pour faire cuire les entrecôtes.

Parfois donc, on a de la visite, plutôt à l'heure du goûter, pas souvent, trois ou quatre fois par été. Quand ce ne sont pas des voisins, c'est le curé de la paroisse, à qui l'on a dit dimanche dernier à la sortie de la messe, mais passez donc prendre le thé avec nous un de ces jours monsieur le curé, ou alors c'est une vieille cousine avec du poil au menton, ou un ami – des grands bien sûr – de passage dans la région.

Pour nous les enfants, c'est à chaque fois un événement, il faut être un peu mieux habillé que les autres jours, un peu plus propre, on sort le beau service à thé et grand-mère a fait une tarte aux prunes pour aller avec.

Quand c'est jour normal où on n'est que nous, c'est grand-mère qui sonne la cloche à cinq heures pour rameuter toute la marmaille, et les grands aussi partis se promener. Je fonce à la cuisine chercher les bouteilles d'orangeade glacées et les grosses tartines de pain barbouillées de confitures

de prunes noires collantes faites avec Octavie,
– moi je les préfère quand elles sentent un peu le
brûlé – ou alors dégoulinantes de beurre avec de
gros carrés de chocolat noir, deux chacun pas plus
sinon vous aurez mal au ventre.

Mais le fin du fin, c'est quand grand-père
décide, et c'est le seul juge en la matière, de sortir
pour un hôte exceptionnel un de ses vins de la
cave du château. Ce qui n'arrive guère plus d'une
fois l'an à peu près. Il y a tout un cérémonial, et là
encore, grand-père choisit l'un de ses petits-
enfants pour l'aider à choisir... et lui faire du
même coup découvrir la cave. La cave de
Garaube, c'est le saint des saints. Si on n'est pas de
la famille, j'imagine quel chemin de croix il faut
avoir fait pour y être admis...

On y entre religieusement, les uns derrière les
autres en file indienne, le premier étant bien sûr
grand-père qui porte une bougie allumée au bout
d'un long fil de fer. Il y fait frais et humide. Il y a
des champignons sur les parois et de la poussière
sur les bouteilles, mais c'est ça paraît-il qui fait la
valeur du vin. C'est presque aussi excitant de des-
cendre dans la cave que d'aller visiter le gouffre
de Padirac, et, dit grand-père, il y a encore moins

de gens qui ont le droit d'y pénétrer. Il y a des cen-
taines de bouteilles qui sont rangées par années,
certaines ont plus d'un siècle. Il y a le vin de la
propriété bien sûr, des rangées entières de tous les
millésimes, mais pas seulement, car grand-père, et
avant lui son père aussi, pratique tous les ans des
échanges avec les autres propriétés si bien que
pratiquement tous les crus sont représentés.

Quand on entre dans la cave, on se tait, on res-
pire, on attend. On regarde grand-père aller et
venir dans l'obscurité avec sa petite bougie, éclai-
rer tout à coup tel ou tel millésime, hésiter, faire
un pas de plus, reculer. On retient son souffle, jus-
qu'à ce qu'il s'immobilise. Il choisit enfin une ou
deux bouteilles, et lâche, devant le visiteur
honoré : «Je crois que celui-ci fera l'affaire. J'es-
père que nous ne serons pas déçus. »

Christopher se dit qu'il aurait pu raconter la
cave de Garaube à Julia hier soir. Elle aurait
aimé le récit de ses équipées avec grand-père...

En fin d'après-midi, deux fois par semaine, on
va chercher le lait à la ferme. On y va chacun son
tour, c'est tout près mais c'est une expédition et il

faut être hyper courageux pour y aller. Il y a trois ou quatre chiens noirs, horribles, qui hurlent dès qu'on arrive. Grand-père dit que ce sont des cabots, moi j'appelle ça des molosses. D'accord, ils sont attachés mais leur corde est très très longue et je suis sûr qu'un jour y en a un qui va se détacher et me tailler en pièces. N'ayez pas peur ils ne sont pas méchants, ricanent les enfants du fermier qui évidemment font les intéressants. Moi, brave, je passe la tête haute en rasant le mur et en serrant très fort la main de grand-père qui m'a terrifié l'autre jour en me disant que les animaux sentent quand l'homme a peur...

Ce n'est pas très propre dans la ferme et ça ne sent pas très bon, n'empêche que j'adore ça cette odeur, je sais pas trop pourquoi, peut-être parce que ça sent la terre, et que la terre ça ne meurt jamais. Nous entrons dans l'étable, la fermière est assise sur un trépied en bois, je tends vaillamment le petit pot en fer-blanc qu'elle glisse sous le pis de la vache, et je le reprends tout fumant. Puis nous passons dans une salle très sombre qui leur sert de pièce à vivre. Pour rentrer, il faut se glisser entre de petites lanières en plastique multicolores qui pendent dans l'embrasure de la porte. La fermière enveloppe

114

*quelques œufs dans du papier journal et mon
grand-père dépose l'argent qu'il doit sur la table.
Au retour, je commence vraiment à me décontrac-
ter quand les aboiements des chiens s'estompent et
dès que j'aperçois la maison, je lâche la main de
grand-père et je fonce en courant. C'est bizarre, je
meurs de trouille à chaque fois et pourtant je me
bats toujours avec les cousins pour accompagner
grand-père. L'oncle Paul m'a dit un jour que c'était
un challenge avec moi-même, je sais pas trop comment ça se prononce, mais c'est encore un joli mot
challenge, alors j'en suis plutôt fier.*

*Je donne fièrement le lait à grand-mère qui le
fait aussitôt bouillir pendant des heures dans une
grande casserole. Elle garde la crème pour faire sa
tarte aux reines-claudes ou aux mirabelles. Ça
aussi, c'est une merveille. « C'est le petit Jésus en
culotte de velours », dit-on dans la famille de
Macao.*

*Une fois par été, il y a aussi le grand spectacle
offert par tous les enfants. Enfin, quand je dis
offert c'est façon de parler parce qu'on fait payer
les adultes pour pouvoir aller refaire nos stocks de
bonbons au village dès le lendemain matin. Les
roudoudous, les rouleaux de réglisse, les colliers de*

sucres multicolores, les nounours en chocolat avec de la guimauve à l'intérieur, les carambars, les frites à l'orange qui piquent la langue, c'est fou ce que ça file vite... Comme chaque année, c'est l'aîné qui est à la caisse et fait les comptes à la fin.

Nous sommes au moins quinze à avoir répété pendant toutes les vacances et nous présentons toutes les disciplines au programme. De l'acrobatie à la magie en passant par les numéros de clown. Cette année, Ann a monté avec cinq autres filles un spectacle de danse dans la nuit avec des lampes torches. Elles sont habillées tout en noir, avec des collants et un pull à col roulé noir, un bas noir sur la tête avec juste deux trous pour les yeux. Elles ont mis du papier crépon coloré autour des lampes électriques. Elles en ont chacune deux, une dans chaque main, de couleurs différentes. Elles font des mouvements avec les lampes sur la musique, des moulinets avec leurs bras et, dans le noir, on ne voit que les points lumineux qui dansent. C'est vraiment magnifique. Moi, j'ai monté un numéro avec Macao qui est venue passer quelques jours chez nous. C'est très simple, elle est déguisée en mouette, avec deux grandes ailes en carton que je l'ai aidée à peindre et qui sont accro-

chées dans son dos, et dessous, elle est en tutu de danse. Elle a pris celui qu'elle porte pendant l'année scolaire. Sa mère a juste rallongé un peu le volant avec du papier crépon blanc. On a choisi ensemble une belle musique, et moi je récite un poème de Verlaine « Je ne sais pourquoi », pendant que Macao danse comme si elle était une mouette puisque le poème justement parle d'une mouette.

Je ne sais pourquoi
Mon esprit amer
D'une aile inquiète et folle vole sur la mer.
Tout ce qui m'est cher, d'une aile d'effroi
Mon amour le couve au ras des flots.
Pourquoi, pourquoi ?

Mouette à l'essor mélancolique,
Elle suit la vague, ma pensée,
A tous les vents du ciel balancée,
Et biaisant quand la marée oblique,
Mouette à l'essor mélancolique

Ivre de soleil
Et de liberté
Un instinct la guide à travers cette immensité.
La brise d'été
Sur le flot vermeil
Doucement la porte en un tiède demi-sommeil...

117

Ainsi s'écoulaient les journées, longues, interminables, rythmés par ces non-événements hors du temps, pensait Christopher en s'étirant. Le bonheur était justement dans la répétition de ces gestes mille fois faits et refaits au fil des ans. Dans ces rendez-vous quotidiens qui tissaient la trame d'un bonheur simple et vrai. Celui qu'il revivait intact, quarante ans plus tard. Le reste, tout le reste, s'effilochait dans sa mémoire et finissait par disparaître, comme les milliers de lucioles dans un feu d'artifice qui s'évanouissent dans la nuit.

Pourquoi pensa-t-il à Blanche tout à coup, alors qu'il sentait une douce sérénité l'envahir, alors que l'afflux de tous ces souvenirs était comme un doux onguent sur les plaies de son cœur...

Le médecin ne lui avait laissé que peu d'illusions sur les chances de survie de sa mère. « C'est un coma dépassé, mais cela peut durer des jours, voire des semaines. » Que fallait-il faire ? Attendre, heure après heure, que la vie disparaisse ? Attendre les yeux fixés sur la ligne verte qu'elle devienne désespérément plate ?

Attendre et décider un beau jour, puisque c'est de lui et de personne d'autre qu'on exigerait cette décision, de débrancher ces horribles appareils qui retenaient Blanche de ce côté-là de la vie ? De tout cela, il s'était senti incapable et avait préféré fuir.

Pour la première fois, l'idée d'une tentative de suicide de sa mère, qu'il rejetait complètement mais qui le hantait depuis son arrivée dans l'île, avait accès à son cerveau. Petit à petit, le temps, lui encore sans doute, faisait son œuvre, à son insu. Les choses se mettaient en place dans son esprit. L'inconcevable depuis trois jours lui semblait acceptable ce matin, à défaut d'être compréhensible. « Votre mère a voulu mettre fin à ses jours, cela ne fait pas de doute », lui avait calmement lancé à la figure le médecin de l'hôpital. Chris n'avait pas bien compris pourquoi il avait l'air si catégorique puisque Blanche n'avait laissé aucune lettre pour expliquer son geste. Mais il n'avait pas cherché à comprendre. La discussion avec Arthur lui avait ouvert les yeux... A propos, qu'avait-il fait du carnet d'Arthur ? Aujourd'hui, croiser à nouveau le regard de sa mère qui ne savait pas qu'il savait et ne pourrait sans doute plus lui parler lui semblait quelque chose d'impossible. A moins que ce ne soit justement parce qu'elle savait qu'il saurait qu'elle avait préféré partir...

Christopher se leva d'un bond, bien décidé à couper court au nouveau vagabondage de ses pensées !

2

La journée était à lui, et il décida d'en vivre chaque minute intensément. Il se sentait prêt à gravir des montagnes, et se dirigea tout naturellement vers la maison de Julia. La porte-fenêtre de la maison de la jeune femme était grande ouverte, et la pièce du rez-de-chaussée vide. Il entra d'un pas décidé.

— Hou hou, c'est moi, il n'y a personne ?

— Si si, je suis là-haut dans le grenier, répondit Julia au bout de quelques secondes.

— Je ne vous dérange pas ? reprit d'en bas Christopher qui trouvait la voix de Julia moins enjouée qu'hier. Si vous voulez, je repasse un peu plus tard. Je venais vous remercier pour ce somptueux dîner et vous dire que j'avais admirablement dormi après.

— Non, non, je suis en train de faire du rangement, j'arrive.

Christopher attendit un instant et, sans trop savoir pourquoi, monta au premier étage. Au bout du couloir, une petite échelle semblait mener vers la voix de Julia. Christopher grimpa. Derrière une porte en bois se cachait un vaste grenier, très sombre, où seule une étroite lucarne dans le fond permettait à un filet de jour de s'infiltrer. Ses yeux mirent quelques secondes à s'habituer à l'obscurité.

— Ah vous êtes là, dit Christopher qui venait d'apercevoir Julia, assise par terre dans un coin au milieu d'un monceau de journaux éparpillés sur le sol.

Ils ne dataient apparemment pas d'hier, vu la couleur jaunie du papier... Il eut le temps d'apercevoir le gros titre qui barrait la Une d'un quotidien « Le célèbre ténor toscan disparaît dans les flots ».

La jeune femme sursauta :

— J'ai presque fini. Je ne savais pas que vous viendriez ce matin, alors j'ai entrepris de faire des rangements. Rien de bien important.

Elle ramassa à la hâte quelques documents qu'elle posa en pile et se releva.

Christopher vit enfin son visage et les larmes, à peine séchées derrière son sourire impromptu. Où était la pétillante jeune femme d'hier soir qui ne pouvait plus s'arrêter de rire à l'évocation des frasques de l'oncle Paul ?

— Je vous ai dérangée. Continuez vos classements. Je repasserai un peu plus tard.

— Non, non, ce n'est pas grave. Je n'ai rien à faire dans ce grenier, à quoi bon remuer le passé ? Vous voulez un café ? continua-t-elle en descendant l'échelle.

— Euh oui, c'est-à-dire, non, je ne sais pas, bredouilla Christopher. Je voulais savoir... Quel est votre programme aujourd'hui ? Vous allez sur la grande île ?

— Peut-être cet après-midi. Pourquoi, vous avez envie de venir ? Je croyais que vous aviez besoin du calme absolu, que vous ne vouliez voir personne. Alors, ça y est, la solitude vous pèse déjà ? Je n'avais pas l'intention de vous déranger aujourd'hui. Je vous attendais seulement demain matin aux aurores pour notre excursion vers le soleil, vous n'avez pas oublié au moins ?

— Oh non, et j'ai hâte d'y être. Rassurez-vous, je n'ai aucune envie d'aller sur la grande île. Et je n'ai pas l'intention non plus de rencontrer qui que ce soit. Je ne veux voir personne. Enfin, personne d'autre que vous... J'ai besoin de votre présence, comme du soleil et de la mer depuis que je suis ici. Vous faites partie de l'île après tout. Comme je suis de très bonne humeur ce matin, qu'une fois de plus il fait un temps magnifique — je sais vous allez me dire que c'est exceptionnel mais justement il faut en profiter —, j'avais envie d'aller me promener et de vous proposer de venir avec moi, si vous n'avez rien d'autre à faire...

— Vous êtes comme tous les hommes. Incapables de vivre seuls plus de quelques jours. Vous avez besoin d'une présence féminine, qui vous rassure, qui vous materne. Mais de quoi avez-vous peur ici ?

— Ce n'est pas un besoin, c'est un désir. D'être près de vous, c'est tout, sans aucune autre arrière-pensée.

— Soit. Alors, puisque vous êtes là, ne restez pas les bras ballants, reprit la jeune femme en

124

tendant à Christopher une grande pièce de linge à plier.

La nappe du dîner de la veille.

— Attention je tire, dit-elle en donnant un coup sec pour tendre le tissu et le plier convenablement.

Evidemment, Christopher lâcha le tout. Ils éclatèrent de rire.

— Oublions cela. Je me débrouille très bien toute seule pour les affaires domestiques, dit-elle en prenant un ciré accroché à une patère près de la cuisine. Allons plutôt prendre l'air. Tenez, attrapez, lui dit-elle en lui lançant un deuxième ciré jaune, je ne suis pas aussi sûre que vous que le temps reste au beau aujourd'hui, regardez ces nuages.

— Je suis sûr que vous vous trompez.

— Vous voulez parier ?

— Ce n'est pas très gai de parier qu'il va pleuvoir.

— Je parie toujours sur ce que je ne souhaite pas. Comme cela, je gagne à tous les coups. S'il fait beau, j'ai perdu mon pari, mais j'ai gagné le beau temps. Et s'il pleut, j'ai gagné mon pari.

Julia avait raison. Le soleil était beaucoup

125

moins arrogant et surtout il n'était plus seul dans le ciel bleu. Quelques nuages l'avaient rejoint, et l'air s'était rafraîchi.

— C'est la première fois, comme cela change vite.

— Plus vite que vous ne pouvez l'imaginer, enchaîna Julia. Parfois, cela arrive quand je suis en mer, et ça peut être terrible. Je pars avec un soleil radieux et une mer plate, et en un rien de temps le vent se lève, la mer se creuse et se hache. C'est très impressionnant. Il faut toujours prévoir. Enfilez aussi ces bottes, on ne sait jamais.

Christopher s'exécuta.

Julia avait une fois encore pris en main son emploi du temps de la journée. Il n'avait qu'à se laisser guider, comme un enfant.

Il était loin d'être guéri finalement. Mais quel confort ! Qu'aurait-il pu faire seul sur une île déserte ? C'était un de ses fantasmes de toujours, mais il aurait été absolument incapable de s'épanouir dans une vraie solitude.

La jeune femme marchait devant lui, avec la même insouciance — au moins apparente — que celle du premier jour quand elle était venue l'accueillir. Pourtant tout à l'heure, quand il l'avait surprise au grenier, dans ces papiers, elle avait l'air bouleversée. Que rangeait-elle, que cherchait-elle ? Que savait-il d'elle au juste ? Elle avait grandi dans cette île, berceau de sa famille, et elle vivait les trois quarts de l'année aux quatre coins du monde. Elle semblait très attachée à sa mère disparue. Quant à son père, mystère...

C'est elle qui tout à coup, alors qu'ils arrivaient sur la plage, rompit le silence :

— Et Macao, qu'est-elle devenue ? Nous en étions à votre vie de jeune couple de diplomates. Cela a duré combien de temps ?

— Oh, longtemps, près de dix ans. Nous avons été nommés ensemble dans plusieurs postes à l'étranger.

— Et vous avez décidé un beau jour de vous séparer ?

— ... Si vous voulez.

— Comment ça, si je veux ? Macao a rencontré un autre homme ? insista Julia.

— Non, c'est moi qui ai rencontré une autre femme, répondit Christopher après un léger silence.

Bizarrement, sans savoir grand-chose sur lui,

Julia imaginait Christopher en victime. En homme quitté plutôt qu'en homme quittant. Qu'il ait abandonné Macao pour une autre femme était incompréhensible, presque révoltant. Cette Macao lui plaisait beaucoup.

Alors qu'ils arrivaient à proximité du phare, les premières gouttes de pluie commencèrent à tomber.

— Que c'est bon, chuchota Julia en renversant la tête en arrière comme pour mieux s'offrir à la nature.

Christopher la regarda. Elle était belle. Ou plutôt il y avait quelque chose de beau, de limpide dans son visage. Elle fermait les yeux et l'eau ruisselait sur ses traits d'enfant boudeur, glissait sur ses cheveux tirés aujourd'hui encore en une queue de cheval.

Au pied du phare, ils s'arrêtèrent, un peu essoufflés. Pressés par le vent, ils avaient marché à toute allure.

— C'est là que nous devons venir demain matin, j'espère que le temps aura à nouveau changé, dit Julia. Sinon, nous ne verrons pas grand-chose. L'horizon sera complètement bouché.

Le vent soufflait avec force. Christopher ouvrit grand son ciré. Le vent s'engouffra à l'intérieur et il dévala à toute allure la colline en hurlant, je vole, je vole... comme il faisait quand il était petit à Garaube les jours de grande tempête. En bas, grand-mère n'était pas là et Julia le rattrapa quelques instants plus tard. Enivrés par les éléments, ils se mirent à courir tous les deux jusqu'à la petite grotte qui abritait le monument qui avait étonné Christopher avant-hier. Là, ils se secouèrent comme deux chiens mouillés.

— Pouvez-vous m'expliquer, dit Christopher en reprenant son souffle, à quoi sert cet endroit...

— Non, dit Julia, s'il vous plaît, ne me posez pas de question. Pas maintenant. Un autre jour peut-être.

« Nous parlions de votre vie, pas de la mienne. A propos, la femme de votre vie, celle qui a remplacé Macao, elle s'appelle comment ?

Un peu déconcerté, Christopher répondit quand même :

— Elle s'appelait Evangéline. Elle avait des

yeux couleur liqueur d'orage, un peu comme les vôtres aujourd'hui au fond de cette grotte.

— Evangéline, quel joli prénom...

— C'est un prénom acadien. L'Acadie, c'est une province du Canada, qui a été alternativement colonisée par les Français et par les Anglais. On y parle un curieux mélange des deux langues : le chiak. Les parents d'Evangéline qui étaient acadiens l'ont appelée ainsi à cause d'une légende, une histoire d'amour entre un certain Gabriel, enlevé par les Anglais, et Evangéline qui va l'attendre toute sa vie jusqu'à la mort.

— Mais qu'est devenue votre Evangéline à vous ? Elle aussi vous l'avez abandonnée ?

— Non, c'est elle qui est partie. Pour toujours.

— ? ?

— Elle est partie de ma vie, de la sienne aussi, trois ans après notre première rencontre.

— Oh, mais c'est terrible, excusez-moi. Vous ne voulez peut-être pas en parler, reprit Julia, toujours serrée contre Christopher...

— Nous nous sommes rencontrés à Amman, en Jordanie, continua Christopher, sans prêter attention aux derniers mots de Julia. Elle était archéologue et venait d'être envoyée pour faire des fouilles sur le site de Jérash. Mais je l'ignorais lors de notre première rencontre, au cours d'une réunion à la chancellerie. Elle arrivait de Grèce et donnait aussi des cours dans différentes universités en France ou aux Etats-Unis. Je l'avais repérée pendant le repas à une table pas très éloignée de la mienne. Sa tenue tranchait sur le reste de l'assistance féminine, y compris les Européennes de la communauté française. Elle avait une longue jupe noire qui flottait sur de petites bottines vernies, un bustier en velours grenat, et ses cheveux noirs étaient noués sur son dos en une longue natte. Son allure était à mi-chemin entre la petite fille sage et la fille de saloon.

« A la fin du dîner, le conseiller culturel de l'ambassade est allé la présenter à un certain nombre d'agents de la chancellerie... J'ai bredouillé trois mots sur Jérash, sur Pétra, elle ne m'a accordé qu'un bref sourire, puis elle a disparu, emmenée par le directeur des fouilles. Quelques semaines plus tard, avant d'avoir eu l'occasion de la revoir, je partais pour Le Caire.

« C'est là que l'enfer a commencé. Lentement mais sûrement, loin d'elle, la passion s'est mise à m'envahir. Je pensais à elle tous les jours, le soir, le matin, dans la journée, pour un oui pour un non, une tresse brune entr'aperçue dans le métro, une paire de bottines dans la rue, une voix qui ressemblait à la sienne à la radio. Une passion à sens unique puisque je n'avais aucune nouvelle d'elle et que curieusement je ne cherchais pas à en avoir... Mais une passion dévorante quand même, puisqu'au fil des jours elle grignotait insidieusement la tendresse que j'avais pour Macao, laquelle sentait que je filais entre ses doigts, sans que je puisse lui donner la moindre explication. J'étais tout à Evangéline, à cause d'une voix, à cause d'un sourire. Cela ne m'était jamais arrivé...

« Et puis le temps a passé, j'ai appris à vivre avec cette fille au fond de mon cœur, sans trop souffrir. Elle s'est endormie petit à petit dans ma mémoire. Deux ans plus tard, alors que j'étais de passage à Paris pour une quinzaine de jours, j'ai appris qu'elle était là elle aussi pour une série de conférences au Louvre. Je me suis précipité à son cours, nous étions plus de deux cents serrés dans un amphi minuscule. A la fin, j'ai réussi à l'aborder. Evidemment elle ne m'a pas reconnu. Je suis sorti avec elle du Louvre et nous avons traversé la Seine ensemble sur la passerelle des Arts. Cela n'a duré que cinq minutes. Elle avait un rendez-vous chez un éditeur. Nous nous sommes quittés sans projet de nouvelle rencontre. Elle m'avait annoncé son départ imminent.

« Le lendemain soir, elle dînait chez l'ambassadeur canadien à Paris et je suis allé à nouveau l'attendre à la sortie de la résidence. Cette fois, elle était seule et nous avons marché dans Paris une bonne partie de la nuit. Il faisait doux, nous avons parlé, parlé, parlé... J'aimais son accent un peu rocailleux, sa façon de marcher, presque en sautillant, et puis ses éclats de rire tout à coup qui partaient en cascade. Il ne s'est rien passé de plus cette longue nuit-là. Nous nous sommes quittés au petit matin, au pied de son hôtel. Le lendemain, je repartais pour Le Caire, fou d'elle. Elle, je ne savais pas trop, elle avait un homme dans sa vie, à qui elle semblait tenir, malgré notre complicité naissante. Elle devait poursuivre sa tournée de conférences. Nous ne nous sommes rien promis. Un mois plus tard, le plus douloureux de ma vie, nous nous retrouvions à Assouan en Egypte. Ensuite aux quatre coins du monde. Et puis un beau jour, elle m'a dit : Tu es le reste de ma vie. Je vais m'arrêter là et te suivre...

— Et Macao ? demanda Julia, d'une voix que Christopher sentit pleine de reproches.

— Au début je lui ai caché notre liaison. C'était la première fois que je la trahissais. C'était un secret à la fois terrible et délicieux. Mais très vite je lui ai dit la vérité. Je ne supportais plus de lui mentir.

— Comment a-t-elle réagi ?

— Mal bien sûr. Comment peut-on accepter une chose pareille ? Elle était révoltée. Elle m'a ressorti tous nos serments d'enfants. La souffrance l'a tout à coup replongée dans la passion, avec un mélange de désespoir et de maladresse qui n'a fait que détériorer notre relation. Je crois que j'ai aimé Macao, quand nous étions enfants. Une vraie passion, avec la gorge qui se noue quand on se quitte, les sueurs froides le long de l'échine quand on s'attend, les palpitations dans le cœur quand on se retrouve. Mais le temps est le pire ennemi de la passion, il fait son travail de sape, tout cela est d'une affligeante banalité, non ?

— Et la tendresse ? l'interrompit Julia. Vous ne pensez pas que c'est la déclinaison logique de la passion et que c'est le secret de la survie pour un couple ?

— Pourquoi me dites-vous ça, vous savez ce que c'est, la tendresse dans un couple ? l'interrompit Christopher un peu brutalement.

— J'imagine...

— Comment cela, vous imaginez ? Comment peut-on parler de ce que l'on ne connaît pas...

— J'imagine beaucoup plus que vous ne pouvez imaginer... D'ailleurs je trouve que les gens qui n'ont pas d'imagination sont condamnés à mourir d'ennui... La seule expérience que j'ai, et encore, ce n'est pas de moi que je parle, c'est que les passions pures et dures, ça détruit plus que ça ne construit. Alors j'imagine que la tendresse, c'est plus facile à vivre, non ?

— Oui, la tendresse, au bout d'un moment, est sans doute le plus beau des sentiments. En théorie, cela peut durer longtemps, toute une vie même, si rien d'extérieur ne vient en contrarier le cours. Mais cela ne dépend pas de votre simple volonté. C'est un coup de chance, un coup de poker. Avec Macao, notre passion d'adolescents s'est insensiblement transformée en une tendresse qui aurait pu durer jusqu'à la fin. Notre seul problème, mais il ne nous apparaissait pas irrémédiable, c'était l'absence d'enfant. Nous étions convaincus que notre vie de nomades n'était pas idéale pour des enfants. Nous avions donc décidé de remettre cela à plus tard. En attendant, sur la scène sociale, notre vie était comme un beau jeu de quilles, qu'aucun souffle de vent ne faisait vaciller. Chaque quille était à sa place, bien droite et bien solide, notre couple se faufilait entre elles en prenant grand soin de ne pas les frôler. Cela aurait pu durer encore longtemps, avec de vrais moments de bonheur et de complicité. C'est cela la terrible injustice de la vie sans doute : un beau jour, sans que ni Macao ni moi ne nous en doutions, le sourire d'Evangéline est venu tout chambouler.

Julia écoutait Christopher qui parlait les yeux perdus dans le vague... Il s'était tu quelques instants.

— Je crois que j'ai été très dur avec Macao. D'autant plus brutal sans doute que je n'étais pas très fier de moi. Nos serments d'adolescents, je ne les avais pas oubliés moi non plus. Pour ne pas me laisser attendrir, j'ai préféré tailler brutalement dans la chair. Nous avons divorcé. Macao est rentrée en France. Ma famille n'a pas voulu me voir pendant des mois.

— Comment a réagi votre mère ?

— Oh, au début toute la famille a refusé de recevoir Evangéline parce qu'elle avait évincé Macao que tous adoraient. Tout le monde était persuadé que cela ne tiendrait pas. Mais ma mère est celle qui a compris le plus vite. Elle m'a dit un jour : Ne me demande pas de l'aimer tout de suite. Il me faudra du temps mais je te promets que je l'aimerai un jour, dans quelques années.

— C'est ce qui s'est passé ?

— Les choses ne se passent jamais comme vous le décidez. Quelques mois plus tard, Evangéline accouchait d'un petit garçon, Arthur, et deux ans plus tard, elle mourait. Emportée par une leucémie.

— Mon Dieu, murmura Julia.

— Au début, nous avons cru qu'elle allait guérir. Une fois le moment de révolte passé, — pourquoi elle, pourquoi si jeune, enfin toutes les questions absurdes et évidentes que l'on se pose dans ces cas-là —, nous nous sommes battus tous les deux avec une énergie terrible. Ces derniers moments m'ont marqué je crois jusqu'à la fin de mes jours. C'est là que je l'ai vraiment découverte, dans les trois derniers mois de sa vie, où l'accessoire l'avait définitivement quittée pour ne laisser transparaître que l'essentiel. Nous étions rentrés à Bordeaux pour la faire soigner. Je voulais absolument tout tenter pour la sauver. Malheureusement, c'était trop tard.

— Votre mère a changé d'attitude, alors ?

— Evangéline n'est jamais venue chez moi puisqu'elle est restée jusqu'à la fin à l'hôpital. C'était une situation incongrue mais elle ne s'en est jamais rendu compte. Blanche est allée la voir tous les jours à l'hôpital et cela a tout changé, mais un peu tard. Elle s'est occupée d'Arthur pendant ces trois mois et bien sûr nous nous sommes réconciliés.

— Vous êtes resté à Bordeaux ?

— Non, avec mon métier, c'était impossible. J'ai demandé à partir au bout du monde.

— Avec Arthur ?

— Oui, je l'ai gardé avec moi jusqu'à ce qu'il ait onze ans, l'âge d'entrer en sixième. Je l'ai emmené dans tous les pays où j'ai été envoyé en poste, deux ans en Afrique du Sud, trois ans au Maroc, trois ans au Vietnam, trois ans à Genève aux Nations unies. Quand je suis rentré en France, je l'ai confié à ma mère, elle était si heureuse de le retrouver. Paris me faisait un peu peur. Après cette vie aux quatre coins du monde, j'avais envie qu'il retrouve ses racines, qu'il vive un peu la même enfance que moi, avant, lui aussi, de devenir adulte. Bordeaux est toujours pour moi synonyme de bonheur et d'équilibre, même si Evangéline y est morte. Je suis parti deux ans en poste à Washington, avant d'être nommé à Paris.

La pluie s'était calmée. Le sol, à l'extérieur de la grotte, semblait fumer. L'air était à nouveau chaud.

Christopher paraissait las. Epuisé, comme vidé. Julia lui prit la main.

— Venez, on ne va pas rester dans la grotte toute la journée. J'ai encore des milliers de choses à vous faire découvrir dans l'île.

3

La journée avait été épuisante et Chris avait mal aux jambes. Ils avaient marché, marché, des heures entières, empruntant les uns après les autres les dizaines de petits chemins bordés d'ajoncs et de bruyère qui sillonnaient l'île. Julia ne lui avait pas menti. Chaque pierre, chaque brin d'herbe, chaque vague recelait son lot de poésie...

Chris avait préféré rentrer pour se retrouver seul et se coucher tôt. Il voulait être en forme quand Julia viendrait le chercher dans quelques heures... Assis sur la terrasse, ses yeux jetés sur le livre de Virginia Woolf sautaient entre les lignes sans les lire. Arthur tout d'un coup lui manquait, comme ce matin avant de partir chez Julia. Arthur au chevet de sa grand-mère entre la vie et la mort. Pourquoi était-il parti sans lui ? Arthur qui aimait tant la nature. Il aurait aimé l'île, c'était sûr, et il aurait aimé Julia aussi sans doute.

Nous aurions pu partir tous les deux, elle nous aurait accueillis de la même manière. Cette petite maison aurait été pour nous deux, pensait Christopher. Nous aurions joué comme des fous sur la plage, nous aurions fait la course en nageant dans la mer, le soir nous aurions cuisiné des pâtes comme à la montagne et nous aurions invité Julia à dîner. Arthur aurait même été heureux de sentir une présence féminine auprès de moi, se dit Christopher, lui qui me reproche toujours de ne vivre que dans le souvenir de sa mère.

Arthur... C'est un garçon, c'est un garçon... Comme une poule, la fille de salle sautille en tous sens dans la pièce malgré la touffeur de l'air à peine brassé par les pales d'un lourd ventilateur. Monsieur, monsieur, c'est un garçon ! Ici la naissance d'un garçon résonne encore comme une victoire ! Ma main serre celle brûlante de sueur d'Evangéline. Le premier cri d'Arthur se perd dans le sourire de sa mère qui irradie ses traits encore crispés par la douleur. Nous sommes en Inde, à Delhi, où je suis en poste depuis dix-huit mois. C'est là qu'Evangéline a finalement choisi d'accoucher, à des années-lumière des hôpitaux sophistiqués de Montréal... Elle est encore en pleine forme, loin, très loin de la maladie qui va l'emporter deux ans plus tard.

Arthur... quelques jours à peine après la mort d'Evangéline. Je l'emmène au manège sur les allées de Tourny. Arthur est monté sur la petite moto de policier avec un gros klaxon rouge comme au temps de mon enfance. C'est le même manège, avec la voiture de pompiers, les deux chevaux de bois sur lesquels se précipitent les plus grands, la biche avec ses grands yeux noirs, la voiture coccinelle, le gros chien, et la moto de policier. Toutes ces montures ont juste un peu vieilli. Mais surtout, c'est toujours la même dame à la caisse. Celle qui donne les petits tickets en plastique jaune contre la monnaie des parents. Elle vient les reprendre dans les menottes serrées des enfants au moment où le manège s'ébranle. C'est sans doute à cette femme, une gitane, que je dois mes premières émotions amoureuses entre deux et

143

huit ans. Elle me fascinait, elle me troublait même quand elle me frôlait avec sa longue natte noire en passant reprendre le ticket. En fait, elle devait avoir à peine seize ans, mais du haut de mon enfance, je la considérais comme une vraie femme. Eh bien, c'est toujours la même, avec quelques kilos en plus autour des hanches. Elle a le même regard de braise, au fond de ses yeux trop fardés... Je devrais la trouver horriblement vulgaire, je la trouve belle... Le manège se met en route. A chaque tour, quand Arthur passe devant moi, je fais de grands gestes pour attirer son attention, je lui crie coucou. Exactement comme me faisait Blanche, quand c'était moi sur la moto de policier. Parfois, le visage d'Arthur est hilare, il fait des grands signes de la main. La fois d'après, il est sinistre, me toise comme si j'étais un étranger. Je me surprends à attendre son passage avec anxiété, à guetter son sourire qui ne vient qu'une fois sur deux. Ça y est. Elle attrape les ficelles à côté d'elle. Le pompon va bouger. Des pompons il y en a deux, qui montent et qui des-cendent, qui chatouillent les bouts du nez des tout-petits et remontent à toute allure se coller au plafond, quand les grands se mettent debout sur

144

les pédales pour les attraper. C'est elle, la gitane, qui tire la ficelle et les fait voltiger. Je la vois qui caresse le nez d'Arthur qui, curieusement, ignore superbement le pompon. Ça y est, les deux sont attrapés, les deux gagnants sont fiers, ils ont droit à un ticket gratuit pour le tour suivant, le manège ralentit, il va bientôt s'arrêter. J'attends avec l'enthousiasme de mes cinq ans la phrase mystérieuse que la gitane va susurrer dans le micro avant la fin du tour : « Attendez bien la récomplie, jeunesse, avant de descendre... » Cette mystérieuse récomplie, je l'ai attendue pendant des centaines de tours, sans jamais la voir venir... Malheur, est-ce la gitane qui ne parle plus comme avant ou mes oreilles qui en grandissant se sont fermées à la poésie des mots... La formule magique, qui me laissait rêveur pendant les trois heures qui suivaient le manège, s'est transformée en platitude sans aucun intérêt : Attendez bien « l'arrêt complet » jeunesse avant de descendre... !

La récomplie, c'est un peu comme la retan. La retan aussi on l'attendait, mais c'était pendant la messe de minuit à Notre-Dame. Au moment d' « Il est né le divin enfant ». « Depuis plus de quatre mille ans, nous le promettaient les prophètes,

depuis plus de quatre mille ans, nous l'attendions
"*cette retan*". » En fait de retan, c'était « cet heureux temps » que nous attendions depuis quatre
mille ans...

Arthur à la kermesse de l'école, la première
année de son retour chez Blanche. Un vendredi
soir de 17 heures à 23 heures. Je suis arrivé de
Washington en début d'après-midi, et je me faufile
un peu maladroitement entre les hordes de
parents que je ne connais pas. Arthur fait à peine
attention à moi. Il court partout, joue avec ses
copains, visiblement très excité. J'essaye timide-
ment d'aborder la mère d'un de ses amis que j'ai
croisée une fois en début d'année. Merci beaucoup d'inviter si souvent Arthur chez vous, je sais
qu'il y est très heureux, ils s'entendent si bien tous
les deux. Cela lui fait du bien d'être dans une
vraie famille. Je commence à m'épancher, la
maman m'écoute avec gentillesse. Je crois que je
suis un peu ridicule. On me regarde comme un
extra-terrestre. Je ne suis pas dans le coup, c'est
tout. Arthur est content que j'aie traversé l'océan
Atlantique pour être à sa kermesse, il était fier tout
à l'heure de me présenter à quelques personnes,
mais une fois passé ce moment d'excitation, il est

146

vite reparti avec ceux qui font plus que moi partie de son univers de tous les jours.

Arthur et Bordeaux, que je lui apprends, à chacun de mes séjours ici. Aujourd'hui, c'est le quartier Saint-Michel qui autrefois sentait autant l'Espagne que les Chartrons le monde anglo-saxon. Le dimanche matin après la messe, d'abord avec les cousins quand j'avais dix, onze ans, puis avec Macao au tournant de mes quinze ans, nous flânions autour de l'église. Il y avait le marché, et puis les brocanteurs, qui avaient installé leurs vieilleries dans d'anciens entrepôts de cannelle, chanvre, vanille et coton, ou sur la place autour de l'église. Nous passions à la boulangerie pour acheter les cannelés que nous mangerions après le dessert. Aujourd'hui j'emmène Arthur tout en haut de la tour Saint-Michel. On dit aussi la Flèche Saint-Michel tellement c'est haut. Quand j'étais petit, il y avait en bas, dans la crypte, adossées au mur, des momies disposées en cercle. C'était terrifiant, mais on adorait aller les voir avec les cousins... Les deux cent quarante marches ont été fermées au public pendant si longtemps. C'est, m'avait-on cent fois répété, le clocher le plus haut de France après celui de Strasbourg. Je le

*répète à mon tour à mon fils sur lequel l'informa-
tion glisse comme l'eau sur les plumes du
canard... Je lui raconte aussi l'histoire des deux
télégraphistes qui se relayaient à la base de la
Flèche pour envoyer des messages qui mettaient
vingt minutes à parvenir à Paris... Peine perdue,
Arthur est fasciné par les fourmis qui grouillent en
bas dans toutes les rues, à la foire aux plaisirs installée place des Quinconces, autour du monument des Girondins, au jardin public où Guignol
attire toujours les enfants, même à l'heure de l'In-
ternet, et sur le grand manège de chevaux de bois
sur les allées de Tourny.*

Arthur, quand ils étaient sortis de l'hôpital,
avait voulu aller avec son père à Bacalan, aux
bassins à flot.

Il y régnait une atmosphère étrange et fasci-
nante. Le béton, froid, s'étalait sur des centaines
de mètres carrés de galeries. L'eau suintait le
long des parois. Il y avait des bruits bizarres, le
vent s'engouffrait dans les interstices. Arthur
avait entraîné son père tout en haut, lui avait
fait escalader des échelles bringuebalantes.
Chris avait un peu le vertige, Arthur, non, qui

avait souvent dû venir jouer ici avec des copains bravant les interdits. Là-haut, il y avait des stalactites et des herbes folles qui avaient poussé dans les failles du béton. C'était l'ancienne base sous-marine où les Allemands faisaient travailler des habitants de Bordeaux pendant l'Occupation. Arthur l'avait emmené tout au bout de la terrasse, là où le sol tout à coup s'arrête. Le vide, sans barrières, et à quelques dizaines de mètres en dessous, une grande plaque de béton. Celle sur laquelle, la veille, s'était écrasé le corps de Blanche.

Le soir même, Arthur avait tout raconté à son père. Après leur longue discussion dans la cuisine, Chris l'avait accompagné dans sa chambre, l'avait bordé dans son lit comme lorsqu'il était petit, et lui avait chanté Evangéline...

> *Les étoiles étaient dans le ciel,*
> *Toi dans les bras de Gabriel.*
> *Il faisait beau c'était dimanche*
> *Les cloches allaient bientôt sonner*
> *Et tu allais te marier*
> *Dans ta première robe blanche.*
> *Evangéline...*

Evangéline...

Sur la table de nuit du jeune garçon, à côté du réveil et du walkman, un petit carnet était posé.

— Je peux voir ? avait dit Chris.

— Non, pas tout de suite, c'est mon secret.

— Tu me le prêtes ?

Le lendemain, en s'envolant pour l'autre bout du monde, Chris avait oublié de rendre à Arthur son carnet à spirale. Et ce soir, même si l'envie le démangeait, il ne se sentit pas encore le droit de le lire.

Le cinquième jour

1

Il y avait partout dans l'air, presque palpable, presque collante, une noire humidité. Pas de pluie, juste un peu de rosée, fraîche et translucide. Ils avançaient l'un derrière l'autre, seuls dans la nuit qui s'effaçait petit à petit du ciel. Le phare n'était plus très loin, grande borne noire qui marquait la limite de l'obscurité.

— C'est la première fois que vous allez voir le lever du soleil ? demanda Christopher.

En route, ils n'avaient pas beaucoup parlé. Julia était arrivée à quatre heures et demie précises. Il avait à peine dormi et l'attendait dehors, sur le pas de la porte, fin prêt. Ils avaient poursuivi leur nuit en marchant en silence, piqués par l'air vif...

— Je suis venue plusieurs fois avec ma mère.

C'était une de ses excursions préférées, aller voir se lever le soleil.

Avant d'entamer la dernière montée, ils passèrent devant la grotte dans laquelle ils avaient parlé si longtemps la veille. A l'intérieur, se dressait le monument de pierres plates, immobile et presque menaçant.

Julia sembla vouloir presser le pas. Christopher s'arrêta.

— Vous ne voulez toujours pas me dire ce que c'est ? Un monument préhistorique, un site de fouilles, un lieu de sacrifice humain... ? ajouta-t-il en souriant.

— Je vous rassure tout de suite. Il n'y a aucun vestige d'aucune sorte ici. Ce petit monument, c'est ma mère qui l'a construit. Je vous expliquerai un jour. Mais nous n'avons pas le temps aujourd'hui. Allons, dépêchons-nous, nous allons être en retard.

— Votre mère, mais pourquoi ?

Julia se retourna, regarda Christopher droit dans les yeux.

— Un jour, quelqu'un est mort en mer, là-bas, dit-elle, en pointant rageusement le doigt dans une direction. On n'a jamais retrouvé son corps. Ma mère lui a fait cette sépulture. Voilà c'est tout, allez, vite !

Christopher brûlait de poser d'autres questions mais sentit que ce n'était pas le moment.

Au moment où ils arrivaient au pied du phare, le soleil se levait. La boule de feu montait à l'horizon. Une même émotion les étreignit.

— Vous connaissez beaucoup de choses plus belles au monde que ce lever de soleil ? dit Julia au bout d'une longue minute de silence.

— Beaucoup, non. Quelques-unes aussi belles, oui peut-être, si je cherche bien... Le soleil qui se couche sur la baie d'Along au Vietnam, le soleil qui se lève sur l'île Eléphantine en face d'Assouan en Egypte... Mais je vous l'accorde, le soleil qui se lève sur l'île de Julia au bout du monde est absolument sublime...

— Ne vous moquez pas. J'en suis très fière et je suis heureuse de le découvrir aujourd'hui avec vous. Depuis la disparition de ma mère, vous êtes la seule personne avec qui je sois revenue ici. C'est tellement plus fort quand on est deux à partager la même émotion.

155

— Il ne suffit pas forcément d'être deux pour partager la même émotion.

— Que voulez-vous dire ?

— Que j'ai longtemps cru que l'on pouvait faire partager à quelqu'un que l'on aime toutes sortes d'émotion. Eh bien c'est faux.

— ??

— Les souvenirs d'enfance par exemple, les souvenirs des lieux de votre enfance plus précisément, on ne les partage avec personne. Il ne faut pas essayer de faire partager à la personne que l'on aime l'émotion que l'on a vécue enfant. L'autre ne peut pas comprendre. Soit il vous le montre, et c'est très douloureux, soit il fait semblant et vous avez à un moment ou à un autre l'impression d'être trahi.

— Mais comment pouvez-vous être si sûr de vous, j'aurais plutôt imaginé le contraire...

— Mais parce que j'en ai fait l'expérience avec Evangéline. Je l'ai emmenée un jour dans ma dune au Cap Ferret, en cachette du reste de la famille. J'étais tout excité. Je lui avais raconté mes dimanches après-midi, quand j'étais le prince des dunes. En arrivant là-bas, j'avais le cœur qui battait à cent à l'heure. Des bouffées de souvenirs, d'iode et d'enfance me sont remontées à la gorge. Je guettais le regard d'Evangéline, je serrais sa main très fort, j'aurais voulu que son cœur batte à l'unisson du mien. Mais elle m'a tenu la main comme si j'étais un grand malade, presque avec de la compassion. J'étais vexé et même blessé. Je lui ai fait des reproches insensés et injustifiés. Cela a été notre unique querelle en trois ans. C'est des années après que j'ai compris qu'il est impossible de vibrer à l'unisson sur un passé simple.

— Tout dépend peut-être de la sensibilité de chacun, non ?

— Peut-être, mais je crois que les souvenirs d'enfant, il vaut mieux les garder au fond de sa mémoire. On est souvent déçu. La réalité est toujours plus petite, plus mesquine, que vos images d'enfant, les buffets sont moins hauts, les couloirs moins longs, les greniers plus ordinaires. Mieux vaut que tout reste grandiose dans nos souvenirs.

— Ne parlons pas de passé devant ce soleil. Vivons l'instant présent. Le regarder ensemble ne le rend-il pas plus beau encore ?

— Cela le rendra certainement plus beau dans notre mémoire puisque c'est là qu'il y passera le plus de temps... Quand je repenserai à cette matinée, j'aurai en tête les rayons du soleil pointant derrière la dune, et la chaleur de votre main au creux de la mienne.

— Vous êtes décidément un homme de mémoire...

— Peut-être, et vous une femme d'avenir, c'est ça ?

— L'un ne va pas sans l'autre, non ? Voyez, quand vous pensez à la baie d'Along ou à Assouan, moi je pense à Delphes, quand...

— Delphes, comme c'est étrange...

— Pourquoi, vous connaissez aussi ? Vous n'êtes pas d'accord avec moi ?

— Oh si, au contraire. C'est Evangéline qui me l'a fait découvrir. Elle avait été élève de l'École française d'Athènes pendant deux ans et avait fait à plusieurs reprises des fouilles sur le site. Elle a même habité deux mois dans la maison des fouilles au milieu du chantier. Pour elle, il n'y avait rien de plus beau qu'un clair de lune au mois d'août sur le temple dorique d'Apollon...

— ... Rien de plus beau que le soleil qui baigne la roche Phédriade et la teinte de rose. La température y est encore d'une douceur extrême... esquissa Julia.

— Il y fait plus chaud qu'ici en tout cas, l'interrompit brutalement Christopher.

Julia ouvrit les yeux brusquement, coupée dans son élan.

— Mais...

— Nous pourrions peut-être prendre un petit café, suggéra Chris comme pour se faire pardonner d'interrompre le voyage à Delphes de sa compagne.

— Qu'à cela ne tienne, j'ai pensé à la bouteille Thermos, répondit la jeune femme, en versant un café fumant dans le bouchon de la bouteille. Vous voulez un biscuit ? ajouta-t-elle.

Chris s'adossa contre le phare pour déguster son gâteau.

— Venez près de moi, regardez comme le soleil monte vite.

— Et des femmes, vous en avez découvert d'autres, vous en avez aimé d'autres, depuis Evangéline ?

— Des femmes ? Des corps de femmes oui,

159

sans doute, beaucoup pendant un certain temps.

— Beaucoup ?

— Beaucoup trop, cela m'a donné l'illusion de vivre intensément, d'oublier Evangéline et de la retrouver à la fois. C'était sans doute un besoin de vie, pour oublier la mort. Mais ce n'est pas venu tout de suite. Je me suis d'abord étourdi dans le travail. Je suis parti à l'autre bout du monde. Afrique du Sud, Vietnam, Maroc, Washington... Je vivais dans un tourbillon pour oublier ma douleur. Je me suis laissé peu à peu griser, par le pouvoir d'abord. Vous savez à l'autre bout du monde, dans certains pays, une fonction de diplomate donne vraiment l'illusion que vous êtes quelqu'un de très important. J'avais besoin de cela.

« Avec le pouvoir, les femmes sont arrivées. C'était le même jeu de dupes. J'avais besoin, avec un peu d'alcool aussi, d'aller noyer dans un corps de femme mes illusions de puissance tandis qu'elles étanchaient dans le mien leurs rêves de midinettes. Pauvres corps-miroirs que je regardais à peine puisque je m'y mirais moi. J'avais besoin d'une présence de femme à mes côtés pour me convaincre que j'existais, pour donner du piment à ma résurrection. Je changeais de partenaire comme on change de confiture, et si vous voulez vraiment connaître le fond de ma pensée, je n'en suis pas très fier aujourd'hui.

Le ciel était de plus en plus clair, et le soleil d'un rose vif. Julia, silencieuse, regardait droit devant elle la mer qui moutonnait à l'horizon.

— La seule chose que je n'ai jamais faite, reprit Christopher, c'est dormir avec toutes ces amantes. Ça, je n'ai jamais pu. Passer mon bras autour d'une femme, la regarder s'endormir et se réveiller, ça, je ne l'ai jamais refait après Evangéline. C'est ma façon à moi de me dire que je ne l'ai pas vraiment trahie...

2

Le retour du phare fut rapide.

Quelque chose s'était brisé. Le jour décou-
vrait leurs mauvaises mines à tous les deux.
Ils avaient l'air de sortir de la nuit comme d'une
longue maladie, amaigris et un peu hagards.
Ils n'osaient pas se regarder et descendaient l'un
derrière l'autre, silencieux comme la nuit qui
disparaissait dans l'aube. Ils se séparèrent au
pied du chemin qui menait chez Julia.

— A ce soir, lui lança-t-elle.

— Vous aimez les pâtes ? lui répondit Chris
en guise d'au revoir.

Cette fois-ci, c'est lui qui l'invitait...

Il était sept heures et demie du matin, une
heure à peu près chrétienne, comme disait
Blanche, pour se lever. Mais cette promenade

matinale avait déjà entamé une bonne part de son énergie.

Christopher hésita.

Se recoucher ? Il n'en avait pas vraiment envie. A peine entré dans la maison, il en ressortit, et à quelques mètres de là, sur la plage, choisit un rocher plat que le soleil commençait à cuire. Il se sentait beaucoup moins frais que quarante ans plus tôt lorsqu'il était rentré de son expédition avec grand-père...

Ils n'étaient pas très fiers tous les deux en arrivant à Garaube environ à la même heure. Toute la famille les guettait sur le pas de la porte de la grande cuisine, où grand-mère avait dressé un solide petit déjeuner pour toute la maisonnée. On attendait le retour des aventuriers du soleil comme celui de deux héros revenant de la Grande Guerre. Il y avait surtout Patrick, qui sautillait sur place, en criant, alors, alors...

Alors, nous n'avions quasiment rien vu, se souvint Christopher.

Le cinquième jour

Il faut bien l'avouer. Il y avait des nuages, et c'est derrière eux que le soleil s'est levé, non pas dans le ciel pur que grand-père avait promis.

Mais à vrai dire, c'est surtout grand-père qui est déçu car il dit que c'est la première année que ça arrive, que c'est pas bon signe. D'habitude, le ciel est pur, c'est absolument magnifique. En fait, je crois qu'il est surtout déçu pour moi, car il voulait me faire ce cadeau. Patrick, lui, sous ses faux airs compatissants, exulte. En fait, il prend sa revanche, en tapotant mon épaule d'un air protecteur. T'en fais pas vieux, ça arrive à tout le monde. Je te raconterai l'année prochaine...

L'attitude de Patrick m'énerve, mais pour le reste, je m'en fiche comme d'une guigne, comme dit grand-mère. Moi, ce que j'ai trouvé plus que génial, et ça, rien ni personne ne pourra me gâcher mon plaisir, c'est d'être seul avec grand-père à cinq heures du matin à manger du saucisson, du camembert, du pain et du beurre avec les doigts, dehors, en pleine nature, dans la brume et la rosée. Cela vaut bien tous les rayons de soleil de la terre. Ceux-ci, je les garde dans mes rêves.

Christopher, près de quarante ans plus tard, allongé sur la longue pierre plate à mille milles de Garaube, sentit son cœur se serrer.

Il ne devait jamais y avoir d'autres levers de soleil à Garaube parce que grand-père est mort à la fin de l'été. Au début des vendanges, au milieu d'un rang de vignes. Il était en train de parler avec Joseph, avec, dans la main droite, une grappe de raisins noirs. J'étais là moi aussi, ma main dans son autre main. Il s'est écroulé tout à coup, terrassé par une crise cardiaque, a constaté le docteur. Je n'ai pas compris ce qui se passait. J'ai mis des années à comprendre. En tout cas, le surlendemain, quand il nous a quittés-pour-sa-dernière-demeure, comme a dit le curé, il a emporté avec lui dans sa tombe mon enfance et mon bonheur. Il avait raison, grand-père, les nuages devant le soleil, c'était pas bon signe.

Tout a changé après sa mort.

L'année d'après, c'est papa et maman qui sont montés à Garaube pour aider grand-mère à faire face à tout ça. C'est cette année-là que tout a commencé à se dégrader entre papa et moi. Heureuse-

166

ment que Joseph était là et que mine de rien il l'a un peu remplacé, parce que petit à petit, j'ai eu l'impression que papa ne me considérait plus comme son fils.

Tout a commencé un dimanche de juin. Nous avions passé la journée à Garaube, comme tous les dimanches depuis la mort de grand-père. L'après-midi, j'étais parti au cimetière avec grand-mère. Elle m'emmenait toujours avec elle. J'étais le seul de tous les enfants qui voulait bien y aller, les autres disaient oui mais avec un tel entrain que je préfère que vous restiez ici plutôt que d'y aller à reculons, disait grand-mère en m'entraînant par la main. Nous apportions des fleurs, et moi je n'oubliais pas de prendre l'arrosoir. Devant la tombe, grand-mère commençait par faire le signe de la croix, je l'imitais, puis par dire sa prière, tout bas dans son cœur, et moi aussi. Puis, elle faisait à nouveau le signe de la croix, moi aussi, et on passait aux travaux de jardinage. Au fond de moi, je savais que grand-père était dans les étoiles et pas du tout dans une boîte au fond d'un trou sous cette terre que nous remuions. C'est grand-mère elle-même qui m'avait expliqué l'histoire de la mort et des étoiles, alors si ça marchait pour les tortues, ça devait marcher aussi pour les grands-pères. Sa tombe, c'était juste son lien avec nous sur cette terre. C'était surtout pour moi un moment de complicité avec grand-mère, qui ne remplaçait quand même pas grand-père.

Ce jour-là, pendant qu'on était tous les deux au cimetière, un monsieur était venu à la maison. Il parlait français avec un drôle d'accent. Octavie a dit qu'il avait l'accent d'un boche, m'avait raconté Ann le soir, dans ma chambre à Bordeaux. C'est elle qui l'avait vu en premier. Il avait l'air très gentil et voulait parler à grand-père. Alors là, Ann s'est mise à pleurer et maman est arrivée. Elle a failli tomber dans les pommes, a continué Ann qui n'a pas vu la suite car maman a aussitôt demandé à Octavie de l'emmener cueillir des fleurs à rapporter quai des Chartrons. Quand je suis rentré du cimetière avec grand-mère, l'homme était parti, mais nous avons tout de suite remarqué dans les yeux de maman qu'il s'était passé quelque chose. On est parti de Garaube légèrement plus tôt que d'habitude, personne n'a parlé dans la voiture, mais tout le monde pensait à cet homme-là. Maman avait une drôle de mine et

168

papa un air terrible. Le soir, alors que nous étions couchés, il y a eu une violente dispute entre eux, la première de leur vie, et à partir de ce jour-là, papa a commencé à être moins gentil avec moi. Grand-père pourquoi es-tu parti, tu aurais pu lui parler à ce monsieur et jamais papa n'aurait grondé maman.

3

Ils s'étaient repliés à l'intérieur de la maison pour prendre l'apéritif, car une petite pluie fine et chaude était tout à coup tombée. Une de ces pluies qui font remonter à la surface toutes les odeurs de la terre. Chris pensa tout à coup à Joseph qui avait avec la terre des liens quasi charnels. « Arrête-toi, là, tout de suite, respire cette terre mon garçon, tu sens toute cette vie qu'elle a en elle ? »

— Et les vendanges, demanda Julia, en tendant son verre vide, vous ne m'avez jamais raconté les vendanges. Cela devait être des moments extraordinaires dans votre enfance, non ? Vous y participiez ?

— J'étais trop jeune pour être vendangeur, mais j'accompagnais mon grand-père dans les vignes. Le plus beau, c'était le soleil, le soir, qui se couchait sur les règes, sur l'épaule des coteaux. Mais j'aimais aussi les chaleurs suffocantes de l'après-midi qui faisaient danser les pieds de vigne à l'horizon.

— Cela durait toute la journée ?

— Cela commençait tôt le matin. Les cars déposaient les vendangeurs aux différents points de rassemblement dans toute la propriété, et nous, on faisait le tour avec grandpère. Il discutait très sérieusement avec Joseph, le chef des cultures, pendant que moi, j'étais fasciné par la taille des hottes remplies de raisins, que les vendangeurs portaient sur leur dos. Une fois pleines, ils allaient les déverser dans un camion, sur une espèce de grand tamis. Cinq ou six employés du château faisaient un premier tri, avant que le camion ne parte vers les chais pour le foulage et la vinification.

« Le midi, c'est au cours du repas des vendangeurs, auquel il participait tous les jours, que grand-père prenait la décision de vendanger ou non l'après-midi en fonction des conditions climatiques. Les vendangeurs, il y avait beaucoup de gitans parmi eux, étaient logés sur place. Parfois, il y avait des bagarres entre eux, souvent à la fin du repas car ils picolaient allégrement, et Joseph devait les séparer. Parfois même, il fallait en renvoyer quelques-uns.

Joseph était imbattable et intarissable sur toutes les calamités qui menaçaient la vigne ; il m'avait raconté mille fois l'épisode du phylloxéra qui avait été fatal à tous les vignobles à la fin du siècle dernier. Après la mort de grand-père, j'ai passé des journées entières avec lui. Avant les vendanges, Joseph me faisait monter sur les enjambeurs, ces espèces de tracteurs qui passent au-dessus des rangs de vigne pour distiller la bouillie bordelaise.

— La quoi ?

— La bouillie bordelaise, c'est du sulfate de cuivre pour éviter la pourrissure. Il m'emmenait aussi dans les greniers, où étaient entreposés les sarments. C'était un vrai amoureux de la vigne, pendant toute l'année il bichonnait les milliers de ceps que l'on attachait encore avec des vîmes.

— Les quoi ?

— Les vîmes. Ce sont des brins d'osier, qui étaient cultivés à Garaube. Je passais des jour-

173

nées entières avec Joseph à découvrir tout cela. Il m'emmenait aussi dans les chais, j'adorais respirer l'odeur des barriques vides, ça sentait le beurre fondu, j'aimais passer mon nez dans la bonde.

« Ce que j'aimais aussi c'était les jours qui suivaient la fin des vendanges, au début de l'automne. Les pieds de vigne devenaient jaunes, orange, bruns, roux, une palette de couleurs magnifiques.

— Il y avait des fêtes ?

— Oui, plusieurs tout au long de l'année. Pour fêter la fin des vendanges, c'était Gerbebaude. Toute la propriété se retrouvait dans la salle des vendangeurs et on offrait un magnifique bouquet de fleurs à ma grand-mère. Grand-père poussait même la chansonnette. Sa préférée était *Le petit coq Martin* — « Il était une fois, un petit coq Martin, un jour il prit son vol, de la grange au moulin perlin pinpin pinette perlin pinpin pinpin. Un jour il prit son vol, de la grange au moulin, s'en fut chez la fermière, lui mangea tout son grain... » Tout le monde reprenait en chœur.

— Et la fête de la Fleur, c'était quand ?

— Oh, c'est complètement différent. Je crois que cela existe encore aujourd'hui. C'est avant l'été, au mois de juin, cent jours avant les vendanges. C'est beaucoup plus chic que Gerbebaude. Les châteaux du Médoc organisent une grande fête chacun leur tour.

« Le jour de Garaube, c'était l'année précédant la mort de grand-père. Devant la maison, il y avait une pelouse en pente douce, sur laquelle on avait dressé des grandes tentes blanches, car il y avait au moins trois cents invités. Il faisait très chaud. Grand-père devait prononcer un discours, ce qu'il détestait faire. Le matin, il ne fallait surtout pas l'approcher, il n'était pas à prendre avec des pincettes. Il répétait son texte tout en distribuant quelques taloches à ceux qui se trouvaient sur son passage. Tout le domaine était en effervescence. Les femmes du village étaient arrivées, dès le matin de très bonne heure, prêter main forte à Octavie pour repasser les nappes blanches à même les tables avec de gros fers noirs chauffés sur la grosse cuisinière. « Ôte-toi de mon chemin, petit garnement, me criait Octavie, je vais te brûler. » Je la revois avec son fer à la main.

Toute la grande famille du vin était conviée, ainsi que tout le gratin bordelais. Il y avait les propriétaires, bien sûr, les courtiers, les négociants, mais aussi le préfet, l'évêque, les autorités militaires et consulaires... Les femmes étaient toutes plus pomponnées les unes que les autres. Avec toutes les perles de leurs colliers mises bout à bout, on aurait pu relier Bordeaux à Arcachon.

— Votre mère était belle ?

— Blanche ? Belle, non, elle n'était pas belle, elle était magnifique. Elle avait fait sa plume, comme disait grand-père, quand grand-mère se mettait sur son trente-et-un.

— Et votre père, vous m'avez dit que c'était lui qui avait repris le domaine à la mort de votre grand-père ?

— Oui, mais pas pendant très longtemps. Il est mort trois ans après mon grand-père. J'avais quinze ans. Un soir, en rentrant de l'école, ma mère m'attendait, debout sur le pas de la porte. Je ne sais plus pourquoi, mais Ann n'était pas là, elle devait dormir chez une amie ou peut-être que maman n'avait pas voulu qu'elle rentre. Toujours est-il que quand je suis rentré, elle s'est précipitée vers moi en me disant : « Il est arrivé un accident, ton père s'est blessé en nettoyant son fusil de chasse. Il ne pensait sans doute pas qu'il était chargé. Il est mort. » Là encore, je ne sais pas trop ce qui s'est passé. Je n'ai pas compris tout de suite. J'ai demandé à maman si je pouvais le voir. Elle m'a répondu non, je crois tout simplement qu'il n'était sans doute pas beau à voir puisque le coup était parti en pleine tête. J'ai quitté sans dire un mot la maison, en courant, et j'ai erré toute la soirée dans les rues de Bordeaux. C'est étrange, quand je suis rentré le soir, il était très très tard à la maison, maman ne m'a rien dit, elle ne m'a pas grondé. Je sais que cela va vous sembler bizarre, mais à partir de ce soir-là, nous n'avons plus jamais parlé de papa. Jusqu'à la semaine dernière, avec Arthur...

Le sixième jour

1

Comme chaque matin depuis ces quelques jours hors du temps, les rayons du soleil se frayaient un chemin à travers les nuages qui disparaissaient un par un, aspirés par le bleu du ciel. Derrière la maison de Julia, en léger contrebas, s'évadait un chemin sinueux. Christopher l'avait aperçu une ou deux fois mais ne s'y était jamais aventuré. Ils s'y engagèrent l'un derrière l'autre, chacun un gros balluchon sur l'épaule. Le sentier était humide encore de la nuit, et le soleil du matin se réfléchissait dans les bulles de rosée accrochées aux herbes folles. Chris se dit que c'était un détail auquel, quelques jours auparavant, il n'aurait pas prêté attention.

Ils arrivèrent à une petite crique sauvage,

protégée par quelques rochers luisants. Là, amarrée au bout d'un ponton en bois bringue-balant, une petite coque de noix ventrue était bercée par le clapotis matinal.

— Vous ne commencez pas à vous sentir un peu claustrophobe ? lui avait demandé Julia la veille en le quittant. Cela fait cinq jours que vous êtes là et vous n'avez pas mis le nez hors de l'île.

— Je ne veux voir personne...

— Je ne vous parle pas de personne, mais de nature. Vous n'avez pas envie d'aller faire un tour de l'île en bateau ? Allez, je vous emmène demain, nous pique-niquerons. Vous verrez, ce ne sera pas à bord du bateau à moteur que vous connaissez, mais sur un autre canot que vous n'avez pas encore vu...

Christopher n'avait pas vraiment eu le choix et Julia avait excité sa curiosité. Aujourd'hui encore, il se sentait prêt à se laisser guider par la jeune femme. Alors, pourquoi pas en mer plutôt que sur la terre ferme...

La petite embarcation qu'il découvrit était un voilier minuscule peint en blanc laqué avec une longue bande bleu lavande à mi-hauteur. A l'intérieur, il était en bois vernis. Un premier petit banc trônait au milieu et deux autres fermaient le bateau à l'avant et à l'arrière.

— C'est moi qui l'ai construit, dit Julia, devant l'œil admiratif de Chris. Les pêcheurs de la grande île m'ont aidée. C'est le type de bateau idéal pour ici. Le fond, très plat, permet de passer sans problème entre les milliers de rochers qui affleurent à marée basse mais que l'on a du mal à voir à marée haute. C'est le meilleur moyen de locomotion pour découvrir tous les îlets.

L'eau était transparente, limpide, invisible, pensa Chris en observant les cailloux qui jouaient au fond de l'eau avec de longues algues brunes.

Julia sauta prestement dans son bateau qui tangua à peine. Elle lui tendit la main. Il enjamba précautionneusement le bord et s'assit sur le banc à l'arrière. L'embarcation était à peine plus grande que les Optimistes de son enfance qui l'emmenaient sur le bassin d'Arcachon, sur l'île aux Oiseaux. Mais elle était plus ronde, plus ventrue. Bien différente aussi du petit bateau à moteur de Joseph qui les emme-

nait tous les deux dans les îles de l'estuaire de la
Gironde.

— Non, au milieu, ordonna Julia. Là, vous
allez me gêner pour les manœuvres.

Il s'exécuta, silencieux, à nouveau impres-
sionné par la force de caractère de la jeune
femme, qui ne lui était apparue fragile, voire
effarouchée, qu'une seule fois, dans son grenier
l'autre matin. Sur son bateau, plus qu'ailleurs
encore, elle était maître à bord.

— Ici je suis chez moi, dit-elle en écho à ses
pensées. Donnez-moi vos chaussures, enchaîna-
t-elle en tendant à nouveau la main.

Elle prit ses chaussures de caoutchouc dont il
était très fier et qui lui donnaient le droit, pen-
sait-il, de monter chaussé à bord, et les fourra
sans ménagement à l'avant, dans un petit cais-
son en bois, qui en contenait d'autres.

— Jamais de chaussures sur un bateau, dit-
elle d'un ton péremptoire devant l'air penaud
de Chris. Allez, relaxez-vous, vous aller voir ces
îles comme vous ne les avez jamais vues de la
terre. Il n'y a qu'en mer qu'on peut apprécier
tous ces cailloux.

Elle souleva une petite trappe et plongea la

main pour en ressortir une voile rouge qu'elle hissa lentement.

— C'est une voile au-tiers, dit-elle devant son regard surpris. Elle ne monte que jusqu'aux deux tiers du mât.

Julia serrait d'une main ferme la barre qui les guidait doucement hors de la crique tandis que Christopher, immobile au milieu, craignait que le moindre mouvement de fesse ne fasse chavirer l'embarcation.

Petit à petit, il se détendit. Une légère brise s'était levée, le bateau glissait, ondulait, puis filait, gîtait, virait de bord. Julia hissa le foc, lui dit cent fois de changer de côté. Les voiles claquaient au rythme du vent qui leur fouettait le visage, et faisait rouler la coque de noix d'un côté sur l'autre. Ils étaient seuls au monde sur cette eau transparente, ponctuée de rochers. D'une voix claire comme l'eau qui les portait au bout du monde, elle entonna la habanera de *Carmen* : « L'amour est un oiseau rebelle. » Une fois de plus, il rêva...

« Attention mon garçon, je passe à la vitesse supérieure. » Je ne sais pas pourquoi, mais moi je

185

ris, je ris à gorge déployée. A cause du vent de noroît sans doute, qui soulève le clapot et arrache la casquette de Joseph au moment où il crie, à cause du bruit du moteur qui couvre mes éclats de rire, à cause de ma joie surtout d'être partis avec lui tous les deux, dans son canot, pour toute la journée dans les îles de l'estuaire, que Joseph appelle toujours la rivière. Il a fallu insister auprès de Blanche pour qu'elle me laisse partir, ne craignez rien mademoiselle Blanche, c'est comme cela qu'il appelle maman depuis toujours, il n'est pas en sucre, votre garçon, il ne va pas fondre... Ce qu'elle ne dit pas maman, c'est qu'elle n'aime pas trop l'estuaire, à cause de son eau marronasse, limoneuse, sableuse, et vaseuse, peut-être même qu'elle croit qu'il y a des crocodiles dedans. Moi, c'est tout ce que j'adore. L'avant du bateau se soulève, mais Joseph tient la barre d'une main ferme. Il paraît qu'aujourd'hui, l'estuaire est calme. La plupart du temps, il est très difficile à naviguer, surtout avec un petit esquif comme celui-là, car l'eau se hache en de multiples petites vagues très rapprochées qui ballottent le bateau dans tous les sens. Première escale, l'île de Patiras, ma préférée, celle où Joseph est né et qui deviendra un jour,

186

promet-il, l'île aux enfants. C'est la plus ancienne
de toutes, paraît-il. Puis, nous accostons sur l'île
Bouchaud, ensuite sur l'île Margaux, et enfin sur
la plus grande, l'île Verte, où Joseph a grandi. Il
me raconte la vie du vignoble sur l'île. C'était du
bordeaux supérieur, et le jour où le propriétaire
venait faire sa tournée, inspecter la vigne, c'était
toute une histoire. Avec ses parents, il habitait
dans une des premières maisons de l'île, ça tour-
nait fort à l'époque, il y avait même une école. Et
puis il me parle de la terre, me dit avec des trémolos dans la voix que pour arriver à la vraie pléni-
tude, il faut un mariage entre la terre, la mer et
l'île. Cette terre, elle est aussi capricieuse que
bonne, il faut la tourner au bon moment, sinon,
c'est trop tard, elle colle comme du fer. Elle colle
aux pieds quand il pleut et il faut la respecter
parce que, eh oui mon garçon, on l'emmènera
tous dans la tombe.

Toutes ces îles, il en est très fier Joseph, car à
l'époque du phylloxéra qui a ravagé les vignes du
Médoc, les seules à résister et à produire du vin,
c'étaient justement les vignes des îles.

Et puis ce soir, quand nous rentrerons à
Pauillac, il va me raconter que dans l'estuaire,

avec son père quand il était enfant, il pêchait l'alose, le gros poisson aux millions d'arêtes, et la lamproie, l'espèce d'horrible anguille qui suce le sang des autres poissons...

Heureusement qu'il est là Joseph, c'est mon seul vrai ami. C'est lui aussi qui dimanche dernier m'a emmené dans une palombière. Blanche n'était pas très d'accord non plus, vous savez Joseph, mon Chris, c'est une âme sensible. C'est la plus pacifique des chasses, avait répliqué Joseph en m'entraînant sans attendre la réponse de maman, mon garçon il faut y aller, les Landes, c'est pas tout près. Ann, le soir, quand je lui ai raconté comment cela s'était passé, était verte de jalousie. Des palombes, nous n'en avions attrapé aucune, mais des vols, nous en avions vu presque une dizaine au-dessus de nos têtes. Il fallait faire silence, pour ne pas les effrayer. Moi j'étais assis à côté du guetteur et j'actionnais la poulie dès qu'on les voyait arriver dans le ciel... Cela faisait bouger les appelants attachés en haut des arbres, qui devaient attirer les autres et les faire se poser au ras du sol où les attendaient les filets. Il y avait tout un tas de fils, de poulies, de manettes et puis des centaines de mètres de galeries, recouvertes de

feuilles et de branches, presque invisibles dans la
forêt. Ça m'amusait beaucoup de voir les adultes
évoluer là-dedans, on aurait dit plutôt un grand
labyrinthe pour enfants. En attendant les
palombes, les adultes, ils ne se laissaient pas
abattre, ah ça non. Ils mangeaient, ils buvaient,
ils jouaient aux cartes... Comme j'étais le seul
enfant, ils avaient été drôlement sympas avec moi.

— Vite, vite, attrapez le bout, bordez, bordez. Voyez, on a failli dessaler, cria Julia dans
un grand éclat de rire. Vous rêvez ou quoi ? Il
faut tout faire sur ce bateau, là tenez la barre et
gardez le cap, c'est plus facile, je vire de bord
parce qu'on n'arrivera jamais à remonter le
vent...

Julia s'était tue. Elle faisait des gestes courts
et précis, tenant entre ses doigts agiles et ner-
veux la destinée de sa barque tandis que Chris,
obéissant, s'exécutait le mieux possible en serrant la barre à la briser.

— Vous me prenez vraiment pour un imbécile, lâcha-t-il au bout de quelques instants...

— Un peu, mais tant pis, dit-elle en riant.
J'aime vous voir là, impuissant devant la force

du vent, vous qui n'arrêtez pas de bouger, de vous agiter dans tous les sens, et qui donnez l'impression d'avoir prise sur tout...

— Ne vous fiez pas à vos impressions. Elles sont trompeuses. Il y a au contraire de moins en moins de choses sur lesquelles j'ai prise.

Christopher avait le regard perdu dans les flots, bien au-delà des vagues qui flattaient la coque du bateau.

2

Il était cinq heures de l'après-midi. Ils s'étaient quittés quelques minutes plus tôt là où divergeaient les routes de leurs deux maisons. Pas pour longtemps. Julia avait donné un nouveau rendez-vous à Christopher. « Ce soir à dix heures, au pied du phare, pour regarder la voûte céleste. »

Le visage brûlant de tous les embruns projetés par les eaux de l'archipel, les mains douloureuses d'avoir bordé, tiré, serré les écoutes, Chris s'écroula d'un bloc dans le fauteuil sur la terrasse. Epuisé mais heureux, de cette sorte de bonheur qui apaise l'âme autant que le corps. Plus que de bonheur même, Chris se sentit tout à coup rempli de joie. Lui revint à l'esprit cette réflexion glanée dans le dernier livre qu'il avait

lu à Paris. C'était une si belle et si vraie défini-
tion de la joie : « Le bonheur est à la joie ce
qu'une lampe électrique est au soleil. Le bonheur a toujours une cause. On est heureux de
quelque chose, c'est un sentiment dont l'exis-
tence dépend de l'extérieur. La joie, elle, est
sans objet. Elle te possède sans aucune raison
apparente, dans son être elle ressemble au
soleil, elle brille grâce à la combustion de son
propre cœur... », écrivait Suzanna Tamaro.

Pour la première fois depuis son arrivée dans
l'île, Chris songea à son départ. Maintenant
qu'il avait retrouvé le goût de vivre, le temps de
vivre, il lui fallait rentrer, retrouver Blanche qui
l'attendait, toujours vivante, il en était de plus
en plus convaincu. Les paroles alarmistes du
médecin avaient fini de se diluer comme neige
au soleil de l'île. La distance avait ranimé l'es-
poir. Le geste de Blanche était un appel au
secours. Son fils l'avait entendu. C'est lui qui la
ramènerait à la vie, en lui contant la brise du
vent sur sa joue le matin, le reflet des vagues sur
la coque de Julia, le soleil se levant devant lui,
auprès du phare. Ces paroles d'une nature que
Blanche aimait tant seraient mille fois plus effi-

caces que ne l'aurait été sa présence quotidienne à son chevet entouré des pleureuses de la famille.

Son départ prochain, demain peut-être ou après-demain, lui parut comme une évidence. Il le dirait à Julia, ce soir, au bord des étoiles.

Pour l'instant, il fallait jouir de ces quelques heures qui accompagnent la descente du soleil sur la mer. Et puis terminer *Promenade au phare* rangé ce matin dans la bibliothèque quelques pages avant la fin, pour repousser la rupture.

D'un bond Christopher fut là-haut, grimpé dans la petite tanière sous les toits.

Là, négligemment glissée dans le télécopieur silencieux depuis le début de son séjour, la feuille blanche l'attendait, qui lui noua la gorge d'un coup.

Sur le papier lisse du fax, l'encre tremblait sous ses yeux. « Maman, c'est fini. Rentre. J'ai besoin de toi. Ann. »

Blanche est morte. Ma mère est morte. Maman est morte. Trois fois de suite, Christopher articula la phrase pour s'en convaincre, serrant dans la main droite les deux lignes qui venaient d'anéantir, en quelques secondes, ses dernières illusions.

Les phrases que sa sérénité sur l'île avait gommées de sa mémoire resurgirent dans leur cruelle vérité. « C'est une question de jours, peut-être de semaines. » La réponse venait de tomber, laconique, comme un coup de glaive au cœur de sa joie retrouvée. Il sentit la tristesse fondre d'un coup sur ses épaules, une insondable tristesse qui était sans doute au malheur ce que la joie était au bonheur.

Chris s'appuya sur l'écritoire et regarda au-dehors l'horizon qui vacillait sous ses larmes. Il le fixa longtemps, longtemps, jusqu'à ce que la nuit tombe et que danse devant ses yeux l'âme de Blanche devenue étoile.

Blanche à Venise... C'est un de ses rêves et pourtant je sais que j'ai tort de l'emmener là-bas. Pourquoi fait-on des choses parfois quand on sait qu'il ne faut pas les faire... Pourquoi vouloir glisser ses pas dans ceux d'Evangéline, pourquoi lui faire humer l'air de la lagune qui lui fouettait les pommettes lorsque nous voguions tous les deux vers San Francesco del Deserto ? Cela fera-t-il revivre Evangéline ? Non, alors... Alors, Blanche rêvait d'y aller – ton père ne m'y a jamais emmenée –, et moi j'ai promis. Voilà tout. C'est un week-end de l'Ascension, pour fêter ses soixante-dix ans. Je n'y suis pas retourné depuis la disparition d'Evangéline, il y a plus de dix ans déjà.

Bêtement, je commence à raconter à Blanche mes souvenirs de ce dernier voyage. Je lui parle de cet après-midi que nous avions passé sur le bord du canal de la Giudecca, à regarder les vaporetti qui accostaient au ponton de la Zitelle. Nous étions assis les jambes dans le vide, sur la pierre, sur le bord du canal, avec en face de nous une des plus belles visions du monde, Venise et la Salute derrière laquelle se faufilait le Grand Canal, et puis sur la droite, la bibliothèque, la Piazzetta, la façade du palais des Doges avec sa marqueterie de sable rose, et les autres palais... Sur la droite, plus près, l'église du Redentore et là, sur l'île de la Giudecca, la fondation Cini avec ses grands jardins verts. Nous étions fascinés par ce petit ponton de bois qui bougeait. Le vaporetto arrivait, un homme à son bord lançait une grosse corde brune qu'il accrochait autour d'une espèce de borne en fonte. Le moteur ronronnait. Quelques voyageurs descendaient qui ne ressemblaient pas à des tou-

ristes, quelques autres montaient. Il y avait beaucoup de passage dans ce canal. De grosses
vedettes, quelques beaux voiliers et parfois, plus
rarement, un énorme paquebot blanc qui glissait
vers la Grèce, emportant nos rêves. C'est là
qu'Evangéline m'avait parlé de son père. Il était
peintre. « Il aime les endroits merveilleux comme
celui-ci, m'avait-elle dit, mais ce n'est jamais ce
qu'il voit qu'il dessine. Le paysage, magnifique,
qu'il a devant les yeux, c'est comme s'il s'en impré-
gnait, mais il est incapable de le peindre. Ce n'est
que plus tard, au bout d'un temps variable, une
semaine, un jour ou trois mois, que ce qu'il a vu,
ce qu'il a vécu, l'émotion qu'il a ressentie, ressort
tout à coup sous ses pinceaux. C'est alors qu'il le
retranscrit avec une précision inouïe. C'est comme
si tous les détails s'étaient imprimés dans sa
mémoire, comme si son regard avait photographié
la scène et que tout à coup, son pinceau développe
et imprime la pellicule sur sa toile. Cela se passe
souvent devant un autre paysage. Devant un por-
tail d'église par exemple, il peint une mer déchaî-
née, devant un paysage de montagne, il retrace les
traits d'une jeune fille croisée quinze jours plus tôt
à Québec... »

Le sixième jour

C'est la première fois que je parle d'Evangéline et de sa famille à Blanche. Au début, il n'en était même pas question. C'était une étrangère, elle comme sa famille. Blanche écoute, les larmes aux yeux. Je sens qu'elle veut me dire quelque chose, me parler de mon père à moi. Mais je ne lui en laisse pas le temps.

Le dimanche matin, nous allons assister, sur le Grand Canal, à la cérémonie qui chaque année commémore les noces de la mer et du doge. Je trouve cette tradition à la fois poétique et romantique, du doge qui jetait son anneau dans la mer, aux abords du Lido, pour épouser la lagune. Blanche est silencieuse. De la place Saint-Marc au Lido, dans une petite barque, nous accompagnons de loin les gondoles qui suivent le Bucentore. Blanche est assise à la proue, murée dans son silence, impénétrable. Je la regarde, assis à l'arrière du bateau, perdu dans mes souvenirs d'Evangéline, et de ses éclats de rire ricochant sur le canal. Nous n'avons pas échangé un mot pendant toute la cérémonie.

En rentrant à l'hôtel, Blanche me lance, le regard triste : « Nous n'aurions pas dû venir ici.

Une tempête de ciel bleu

Venise, pour toi, c'est Evangéline, ce n'est pas pour moi. Elle était là, au milieu de nous. Une autre fois peut-être, ailleurs, je te dirai... »

Blanche n'avait jamais dit, pensa Chris, appuyé sur l'écritoire.

3

La nuit, ce soir-là, était constellée d'étoiles. Entre les millions de petits points lumineux fixes, aux intensités multiples, quelques-uns filaient les uns derrière les autres pour s'évanouir dans la nuit noire. « Ce soir, il y aura des étoiles filantes, ou je ne m'y connais plus, avait dit Julia. C'est pareil tous les ans à peu près à la même date. Si vous voulez, nous les regarderons ensemble. Rendez-vous au pied du phare vers dix heures. N'oubliez pas de prendre un pull bien chaud, les nuits sont fraîches. »

A l'heure dite, elle l'attendait. Il la repéra de loin. Elle avait allumé un feu sur la plage. Comme il s'approchait, il vit qu'elle était en train d'enfiler ce qui ressemblait à des pâtes de guimauve sur des brindilles.

— Nous allons les faire griller, quand ça fond, c'est délicieux.

Ils s'assirent face à face, de part et d'autre du feu, chacun avec sa panoplie de brochettes. L'épisode des guimauves les enchanta.

Ils allongèrent leurs corps dans la fraîcheur sombre et ouatée de la nuit, l'un près de l'autre, leurs têtes se touchant presque. Les flammes jouaient sur leurs deux visages un ballet d'ombres et de lumière.

Le ciel les bordait, il suffisait de tendre la main ou presque pour attraper les étoiles. Certaines quand ils les fixaient intensément semblaient grossir, avancer ou reculer...

— Vous voyez, là, dit Julia, en tendant l'index au-dessus de leur tête, c'est Altaïr. Elle fait partie de la constellation de l'Aigle, et là-bas...

Christopher n'écoutait pas. Il était reparti une fois encore dans la nuit de son enfance.

Chaque été, au mois d'août, il y a la nuit des étoiles filantes. C'est un des grands rendez-vous avec les cousins. Tous les enfants de la propriété, les enfants du maître de chais, du chef des cul-

tures et de tous les employés y participent. Ce soir-là, on passe la nuit dans les vignes à regarder filer les étoiles. Il faut que chacun ait son sac de couchage, et des petits gâteaux pour tenir le coup et ne pas s'endormir. On s'allonge les uns contre les autres, en gloussant de plaisir. C'est l'excitation maximum. Les parents passent nous voir deux ou trois fois avant d'aller se coucher, ils nous ramènent au passage des pulls et des carrés de chocolat. On ne s'endort pas avant trois heures du matin et on se réveille à six heures, grelottant de froid. C'est notre nuit. On l'appelle entre nous la nuit des étoiles des enfants. Et moi, en plus des autres, j'ai mon secret que je garde pour moi tout seul. L'année de la mort de grand-père, comme tout le monde était triste dans la maison, les parents ont pensé annuler la nuit des enfants. Ils ont dit que si on ne pouvait en priver tous les enfants de la propriété, Ann et moi, nous n'irions pas, que d'ailleurs nous n'en aurions sûrement pas envie. Ils ont été très surpris, même un peu choqués, que je veuille au contraire y aller comme toutes les autres années. Ils ne savaient pas que j'allais retrouver grand-père, que j'allais pouvoir lui parler parce que chaque étoile est l'âme d'une

201

personne morte qui s'est envolée dans le ciel. C'est ça le secret des étoiles. C'est grand-mère qui nous l'avait révélé à Ann et à moi, le soir de la mort de la tortue Louise. A la rentrée, quand j'avais raconté cette histoire à Pierre, il m'avait rétorqué qu'elle avait dit ça pour consoler ma sœur, mais que bien sûr ce n'était pas vrai. Eh bien moi, je sais que c'était vraiment la vérité. Sinon, où elle irait l'âme puisqu'elle est éternelle ? Et puis les étoiles, à quoi ça servirait ? Le cimetière, les tombes, les cercueils, c'est juste pour le corps qui pourrit et qui est mangé par les asticots. Depuis, avec Ann, on s'amuse tant à regarder les étoiles et à mettre un nom sur chacune d'entre elles. Même que l'on rajoute parfois les noms des gens qui sont morts pendant la semaine et dont le curé du village lit la liste à la messe le dimanche. « Prions, mes frères, pour les disparus de la semaine. » Le jour de la mort de grand-père, quand il est tombé dans la vigne, j'ai tout de suite pensé aux étoiles, il va falloir qu'elles se serrent un peu là-haut, en voilà une qui ne va pas tarder à arriver. Quand j'ai vu maman aller pleurer dans les bras de papa au fond de la cuisine, je suis allé lui raconter que

202

l'âme de grand-père allait bientôt devenir une étoile. Elle a souri entre ses larmes.

Ça s'est passé le jour où les messieurs tout en noir – on les appelle des croque-morts – sont venus fermer le cercueil avec des cachets de cire, pour empêcher sans doute qu'il puisse s'échapper. Evidemment, je n'ai pas eu le droit d'y assister, il y a des scènes qu'il vaut mieux éviter aux enfants, a dit l'oncle Paul dans l'antichambre. Je suis parti sur le balcon respirer un peu. En entendant l'horrible bruit du couvercle qu'ils verrouillaient au-dessus de lui, j'ai fermé les yeux très fort et j'ai senti que l'âme de grand-père était en train de s'envoler dans le ciel. Bien fait pour les croque-morts !

— Oh oh, vous êtes dans les nuages ?

— Non, oui, dans les étoiles de mon enfance...

— Ah bon, vous aussi quand vous étiez petit, vous regardiez les étoiles...

— Oui, tous les ans au mois d'août. Nous cherchions toujours la Grande Ourse et la Petite Ourse. On disait la grande casserole et la petite casserole, les adultes eux le Grand et le

Petit Chariot. Et puis l'étoile du Berger, il fallait reporter trois ou quatre fois la queue de la grande casserole et on la trouvait, elle brillait plus que toutes les autres. Mais, là où j'ai vu les ciels étoilés les plus merveilleux, c'est en Afrique du Sud. Elles étaient là au-dessus de nos têtes par centaines de milliers.

— Vous ne trouvez pas qu'il y a plus d'étoiles que de nuit ? dit tout à coup Julia.

Sa voix avait une douceur de velours.

— Vous savez, ce soir pour moi, il y en a une de plus...

— Comment cela une de plus ?

— Oui, il y a celle de ma mère...

— Celle de votre mère, que voulez-vous dire ?

— Oh des bêtises sans doute... Mais, chez moi, quand quelqu'un meurt, on dit que son âme se transforme en étoile et qu'elle s'envole dans le ciel...

— Mais, votre mère...

— ... Elle est morte aujourd'hui. Je l'ai appris cet après-midi, en rentrant de notre promenade en mer. Un fax m'attendait, là-haut dans la bibliothèque.

— Mais, vous ne m'aviez pas dit qu'elle était malade...

— Ni qu'elle risquait de mourir pendant mon absence...

— Mais alors, pourquoi ?

— Pourquoi je suis venu quand même, pourquoi je ne vous ai rien dit ? je ne le sais pas vraiment moi-même. La seule chose que je sais, c'est qu'il fallait que je parte, et que je vienne ici, chez vous, justement parce que vous ne me poseriez pas de questions... Voilà, ma mère s'est jetée dans le vide il y a une semaine, elle est restée dans le coma sept jours, et elle est morte ce matin.

— ...

— Un vertige de la vie, sans doute. Connaît-on jamais les vraies raisons d'un tel acte ? Une violence en écho à une autre violence, peut-être...

— ...

— La veille de mon arrivée ici, nous avons parlé avec mon fils Arthur comme nous ne l'avions jamais fait auparavant. Cela fait un drôle d'effet d'entendre son propre fils vous dévoiler une partie de votre histoire. Un peu comme si la mémoire se transmettait à reculons. Bref, quand Bordeaux a été occupée...

— Mais quel rapport cela a-t-il avec votre mère ?

— Des officiers allemands ont réquisitionné Garaube et s'y sont installés. Ils n'ont pas chassé mes grands-parents qui ont continué à y habiter. Grand-mère ayant été malade, ma mère est allée passer quelques jours chez eux. Un après-midi, l'un des officiers l'a croisée dans la propriété et...

La voix de Christopher s'était cassée.

— Vous ne voulez pas en parler ? demanda Julia. Arrêtons là si vous voulez.

— ...

— Il parlait français, hasarda Julia, comme pour retarder les révélations à suivre...

— Cela n'a pas d'importance. La seule chose que je sais depuis une semaine, c'est que je suis né neuf mois après cette rencontre...

Julia resta sans voix.

La suite, Christopher la raconta comme dans une sorte de délire, enfilant les phrases les unes après les autres, au gré de ses pensées.

— Ma mère était dans le coma pendant toute

cette semaine que j'ai passée avec vous, Julia, sur cette île. J'ai honte. Honte de moi. Blanche aussi avait honte en rentrant à Bordeaux, le soir après l'officier allemand. Elle n'a rien dit à mon père, elle avait peur qu'il soit fou de chagrin et qu'il veuille se venger, ce qui n'aurait pas manqué de provoquer des représailles. Elle a juste voulu effacer le souvenir de l'officier allemand par celui de mon père, la nuit dans le lit conjugal. De mon père, enfin de son mari parce que mon père je ne saurai jamais qui il est en fait. Quand le monsieur est venu treize ans après à Garaube, c'était lui, l'officier allemand, Blanche l'a dit à Arthur. Il est venu lui proposer de l'argent, pour quoi au juste, ça, il n'a pas bien compris. L'homme ne savait pas bien sûr que j'étais né et Blanche ne lui a rien dit. Il est reparti. Mais mon père a dû comprendre parce qu'après il ne m'a plus jamais regardé de la même façon. C'est à ce moment-là qu'il a commencé à boire. Comme l'officier allemand, aussi, avait bu quand maman l'a croisé cette fameuse journée. Il sortait de la cave. Quand mon père s'est tué avec sa carabine deux ans plus tard, peut-être n'était-ce pas un accident.

207

Cela non plus, on ne le saura jamais. Ça fait beaucoup de choses qu'on ne saura jamais, vous ne trouvez pas...

Julia passa son bras autour de Christopher, qui s'effondra en larmes, comme un enfant.

Le septième jour

1

Quand elle se réveilla, le sable était frais, presque humide. Julia frissonna. Elle étendit son bras tout engourdi et s'étira lentement. La plage à côté d'elle était déserte. Elle ouvrit les yeux. Il n'était plus là. Elle bondit. Pourquoi l'avait-il laissée là toute seule ? Le bruit de la mer peut-être l'avait empêché de dormir. Ou bien s'était-il réveillé un peu plus tôt et marchait-il à quelques pas de là au bord de l'eau ? Debout, elle scruta l'horizon. Personne. Après tout, il dormait sans doute tranquillement dans son lit. Ne lui avait-il pas dit l'autre jour, en redescendant du soleil, qu'il ne dormait jamais avec ses amantes ?

Amante... Ils avaient fait l'amour sous les étoiles, au bout de la nuit. Dans les dunes sous la lune, dans un mélange de larmes et de sable. C'était venu tout doucement. Ils avaient parlé des heures et des heures assis l'un contre l'autre. Puis ils s'étaient allongés pour regarder les étoiles. Ils avaient évoqué toutes les étoiles de la planète, la Grande Ourse, la Petite Ourse, l'étoile du Berger, Cassiopée, Orion,... et toutes les autres encore. Ils avaient raconté leurs ciels préférés la nuit aux quatre coins du globe. Et puis il lui avait conté les étoiles de sa famille et les trous noirs de sa vie...

Longtemps, après, bien longtemps après les larmes et l'amour, ils avaient parlé d'eux. D'eux deux.

Elle n'avait rien dit. Lui avait-il d'ailleurs laissé l'occasion de lui dire quoi que ce soit depuis tous ces jours ? Elle n'avait rien dit mais elle sentait qu'elle s'attachait à lui. Il avait dit que ce n'était pas possible.

— Je ne peux pas recommencer à aimer. C'est trop douloureux. Ma vie est déjà trop entamée. Et puis, il y a Arthur. Il n'a plus que moi. Il faut que je rentre pour m'occuper de lui, pour vivre enfin avec lui et pour lui. Sa mère et sa grand-mère chérie sont parties. J'ai déjà perdu trop de temps. N'allons pas plus loin. N'allons pas trop loin. Ne fondons pas nos vies, faisons simplement se croiser nos chemins de temps en temps. Le soir, venez là, sous votre ciel. Je ferai de même, là-bas chez moi à l'autre bout du monde. Vous savez, moi aussi, je connais une île, près de Bordeaux. L'île aux enfants. Un jour, je vous y emmènerai.

La petite maison était silencieuse. En un clin d'œil, elle aperçut le lit fait, les draps posés sur la malle en osier dans la salle de bains. Le vide. Disparu, une fois lâchées toutes ses confidences, une fois exposées toutes ses blessures. Il était parti, elle en était sûre, et pas pour une petite promenade matinale. Il flottait dans la pièce une atmosphère d'absence définitive.

Ce n'est qu'en fin de matinée, en finissant de ranger, que Julia trouva dans le tiroir de la table de chevet le carnet à spirale oublié par Chris.

2

C'était une écriture d'enfant, tracée avec application. Les yeux de Julia s'y promenèrent comme par effraction, s'évadant de temps à autre par la fenêtre pour se noyer dans l'horizon, là même où Chris, hier, avait sans doute croisé l'étoile de Blanche.

Les pages s'enchaînaient sous des encres différentes, qui traçaient les contours de silhouettes désormais familières à Julia. Il y avait Christopher, Evangéline et Blanche. Julia s'attarda sur les dernières pages, presque fraîches encore. Un nom inconnu de la jeune femme, dont Christopher ne lui avait pas parlé, ni la nuit dernière, ni les autres jours, l'arrêta. Rebecca. C'était une jeune fille, une camarade de classe d'Arthur. Il en parlait avec un mélange de fougue et de grande timidité. Le jeune garçon était amoureux fou, cela ne faisait pas de doute. Arthur parlait des grands-parents de Rebecca, morts en déportation parce qu'ils étaient juifs. C'est Rebecca qui lui avait raconté cela, et Arthur en avait été manifestement bouleversé. Le soir en rentrant de l'école, il avait harcelé sa grand-mère de questions sur la guerre, l'Occupation, les Juifs... Très vite il avait senti que cela rappelait des choses douloureuses à sa grand-mère, mais, écrivait-il, il avait besoin de savoir, pour Rebecca qui n'avait jamais connu ses grands-parents. Alors Blanche avait commencé à parler. Et tout à coup, entre les larmes qu'elle ne pouvait plus contrôler, elle avait dévoilé à ce petit bonhomme de quinze ans à peine le lourd secret que Chris venait d'apprendre à plus de cinquante ans.

3

Vingt ans. Vingt ans déjà qu'elle venait tous les ans planter quelques fleurs autour du petit monument de pierres qui intriguait tant Christopher. Et pourtant, Chris avait fui la réponse qu'elle s'apprêtait à lui donner aujourd'hui même. A cause de cet anniversaire.

Vingt ans que le père de Julia avait disparu. Avant même qu'elle ait pu le connaître. Avant même qu'elle ait pu savoir si oui ou non il avait eu envie de faire sa connaissance avant de mourir. Il était là, enseveli sous les flots, en plein océan, juste dans l'axe du petit monument qu'elle avait élevé avec sa mère, le lendemain de l'accident. Il était là et il s'appelait Gabriel, comme le Gabriel d'Evangéline. On n'avait jamais retrouvé son corps. C'était un ténor ita-

lien très célèbre avec lequel sa mère avait par-
tagé une passion exceptionnelle. Mais il était
déjà marié et ils avaient dû vivre leur amour
sous tous les cieux du monde, au gré de ses
tournées. Mary, sa mère, l'avait accompagné
partout, de New York à Paris en passant par
Milan, Vienne, Londres, Buenos Aires, puis
était rentrée sur la grande île où il avait promis
de venir la rejoindre. Julia était née quelques
mois plus tard, sur la grande île, de père
inconnu bien sûr. Mary, montrée du doigt par
le reste de la population, avait alors choisi d'aller s'installer sur la petite île et avait fait
construire la seconde maison pour Gabriel si un
jour... Le piano, c'était pour lui, la longue-vue
et l'écritoire également. Julia y allait de temps
en temps avec sa mère pour y mettre des fleurs,
ouvrir les volets pour que cela ne sente pas trop
le renfermé le jour où son père arriverait. Car il
écrivait de temps en temps. En attendant, fille
unique, Julia était très souvent seule, exception
faite du gardien du phare, devenu son compagnon de jeu. Mais l'essentiel de son temps, elle
le vivait dans un monde imaginaire. Celui
d'une princesse échouée sur une île au cours

d'un naufrage où tout le monde avait péri, qui attendait le prince charmant qui, un jour, viendrait la délivrer avec sa mère.

Celle-ci découpait dans les journaux tout ce qui arrivait à Gabriel, les villes du monde où il allait en concert, les soubresauts de sa vie privée... Au début, Mary avait dit à sa fille qu'il était parti en voyage. Un jour, Julia devait avoir quinze ans, un avion s'est écrasé en atterrissant sur la grande île. Gabriel était à bord. Julia et sa mère l'avaient appris par les journaux. Elles s'étaient toujours demandé si c'étaient elles qu'il venait retrouver par surprise, ou s'il était simplement de passage sur la grande île, en escale pour une autre destination. Les journaux n'avaient pas levé le doute. Ce mystère-là, Julia, vingt ans plus tard, le gardait encore pour elle.

Comme dans un rite initiatique, la jeune femme s'agenouilla, le dos à la pierre, offerte aux embruns... Julia ferma les yeux et sourit, heureuse. Elle était seule, mais entière, intacte, avec son secret toujours enfoui au plus profond d'elle-même. Chris était parti, vidé, pressé, essoré... Elle se sentit plus forte que l'homme venu de Bordeaux qui avait, hier soir, sous les

219

étoiles, achevé son voyage au bout de lui. Ce matin il était parti. Après tout, avait-elle existé autrement que dans ses pensées ? Un vent nouveau, venu de la grande île, effleura son visage. Le temps allait tourner.

ÉPILOGUE

Ce matin-là, le ciel se chargea. Les nuages arrivaient de loin, lentement, comme une troupe de soldats venus de l'autre côté de l'horizon, bien décidés à occuper un terrain déserté depuis près d'une semaine. La température chuta brusquement. Dans la crique, Julia amarrait sa coque de noix qui vacillait. Son grand ciré battait au vent. Rigoletto, le poil en désordre, sautait d'un rocher à l'autre, en jappant d'allégresse. Avec ses nuages et sa fraîcheur, l'île retrouvait son temps de tous les jours.

Au même instant, le soleil, noyé dans un ciel gris délavé, se couchait sur Bordeaux, éparpillant sur la Garonne ses rayons parme, émeraude et mordorés. Jamais Bordeaux n'était aussi belle que vue de la rive droite, se dit une fois de plus Chris, en empruntant le pont de pierre. Comme le taxi s'arrêtait quai des Chartrons, un gros paquebot s'ancrait face à la Bourse maritime. Au moment de sonner à la porte de la maison de son enfance, Chris prit sa respiration.

La cérémonie aurait lieu demain matin.

Impression réalisée sur CAMERON par
BRODARD ET TAUPIN
La Flèche

pour le compte des Éditions Grasset
61, rue des Saints-Pères, 75006 Paris
en septembre 1997

Imprimé en France
Dépôt légal : septembre 1997
N° d'édition : 10345 – N° d'impression : 6613R-5
ISBN : 2-246-53901-3